Michael Markaris

Mykonos Love Story 4
Mykonos Speed

AF186669

Michael Markaris

Der Mykonos-Krimi 8

MYKONOS LOVE STORY 4

Bisher erschienen (oder in Kürze)
Band 1 „Griechische Brandung"
Band 2 „Jenseits von Mykonos"

Band 5 „Mykonos Love Story 1"
Band 6 "Mykonos Love Story 2 – Das Goldene Ei"
Band 7 "Mykonos Love Story 3 – Morgenröte über Mykonos"
Band 8 "Mykonos Love Story 4 – Mykonos Speed"

Impressum
Titelbild: istockphoto/ Karte Wikivoyage
Copyright Michael Markaris 2018
ISBN 978-3-7481-6709-9
Herstellung und Verlag:
BoD- Books on Demand, Norderstedt

Das Mykonos-Sextett besteht aus den Bänden „Griechische Brandung" und „Jenseits von Mykonos" sowie der „Mykonos Love Story" 1, 2, 3 („Morgenröte über Mykonos") und 4 („Mykonos Speed")

Jeder Band behandelt einen abgeschlossenen Fall, sodass die Bände nicht in der Reihenfolge gelesen werden müssen.

Lediglich die vier Bände „Mykonos Love Story 1,2 und 3 „Morgenröte über Mykonos" sowie 4 „Mykonos Speed" (Band 5 bis 8) gehören thematisch zusammen, da in ihnen die Beziehung zwischen Kommissar Pandis und seinem Geliebten (und späteren) Ehemann Angelos das Grundthema darstellen.
Die Bände 3 und 4 können aus juristischen Gründen erst zu einem späteren Zeitpunkt erscheinen.

Am Ende von „Mykonos Love Story" sind Kommissar Pandis und Angelos gestorben. Der vierte Teil ist das dritte Prequel und behandelt die (glücklichen) Monate vor den tragischen Ereignissen.

Während Band 1 auf wahren Begebenheiten beruht, sind die Prequels hinsichtlich der Kriminalfälle natürlich Fiktion.
Dort, wo private Momente zwischen Paul Pandis und Angelos geschildert werden, entsprechen die Darstellungen aber ohne Abstriche der Wahrheit.
Leider gehört dazu auch die Seilbahn …

PROLOG BAND 3

Gas, Gas!
Der Motor röhrte.
Die Reifen qualmten.
Dann bekamen sie Grip.

Auf 100 in 3 Sekunden.
Das war besser als Sex.
Er flog durch Ano Mera.
Über die Bodenwellen.
Vor ihm die Bucht von Ftelia.
Als würde er über das Wasser fliegen.
Dann die Linkskurve und Fliehkräfte wie in
einer Rakete.
Nur auf Mykonos gab es solche Kurven.
Jetzt links, links, rechts.

Den Ferrari nach links ausbrechen lassen.
Wieder fangen.
Und jetzt die Gerade.
200, 220. Funkenflug.
Immer dann, wenn eine Bodenwelle kam.
Er raste auf die Doppelkurve zu.
Quietschen, Röhren, Handbremse.
Wieder in die Spur bringen.
Und jetzt würde er in die Stadt hineinfliegen.

Ein Ferrari. Über 300 KW.

Schon etwas anderes als der BMW von
Papa.
Woher sollte der auch 320.000 Euro
herhaben?

Er hingegen würde bald reich sein.
Chalathes würde bezahlen.
Dann wäre sein Vater ein armer Schlucker im
Vergleich zu ihm.
Der Gedanke gefiel ihm sehr.

Gas.

Passanten standen an der Straße und
zeigten ihm den Vogel.
Und fuchtelten.

Er würde am Abend zum Tropicana oder
zum Scorpio´s fahren.
Frauen stehen auf Ferrari.
Und auf den Mann mit Ferrari.
Er wurde immer schneller.
Passierte das Ortsschild.
Vor ihm der große Kreisverkehr.

Pedal, kein Druck, Erstaunen.
Pedal, kein Druck, Panik.
Dann flog er über das Geländer und krachte
in das Denkmal.

8 Min 42 Sekunden von Ano Mera.
Das war neuer Rekord.
Es war sein letzter.

1

Familie Pandis legte an diesem Samstag einen Betttag ein. Es war einer jener Tage auf Mykonos, an denen der kalte Wind aus dem Norden jede Bewegung im Freien praktisch unmöglich machte. Ansonsten holte man sich – trotz 15 Grad – einen gefühlten Gefrierbrand.

Für normale Ehen bedeutete dies, dass ein Krisentag angesagt war. Denn Ehemann und Ehefrau den ganzen Tag in einer Wohnung oder einem Haus bedeutet spätestens ab 13 Uhr Krieg. Flüchten konnte keiner – der Wind hätte einen ins Haus zurückgeblasen.

War die Ehe jedoch frisch und glücklich, wobei das frisch keine Rolle spielte, wie im Falle von Kommissar Pandis und Angelos, so war ein Samstag im Bett etwas sehr Friedliches.

Angelos brummte vor sich hin, was eher einem Schnurren glich. Pandis konnte sich darüber schon immer totlachen. Wie ein zufriedener Kater bei seinem 16-stündigen Schläfchen.

Von Pauls leisem Gekicher wurde er jedoch wach.

„Lachst Du über mich?"

„Aber niemals, mein Schöner!"

Angelos hatte zum ersten Male überhaupt sein morgendliches Joggen ob der Witterung ausfallen lassen.

„Mit Dir werde ich noch fett und unansehnlich. Ein ganzer Tag im Bett – das hätte es früher nicht gegeben", murmelte er.

„Du hast kein Gramm Fett an Dir. Das ist wirklich lächerlich", meinte Paul.

„Stimmt. Und selbst mit ein paar Kilo mehr …"

„… wärst Du immer noch der Schönste", ergänzte Pandis.

Zustimmendes Brummen.

Ja, so war er. Er wusste um sein Aussehen und seine sonstigen Qualitäten. Und falsche Bescheidenheit konnte Paul noch nie leiden. Leichte Eitelkeit und ein bisschen Arroganz, aber immer mit der Fähigkeit, über sich selbst lachen zu können.

Es war – mit Ausnahme von Pandis´ Aussetzer bei Loukas vor einigen Wochen – noch immer vollkommen harmonisch.

Offensichtlich passten Mann und Mann sehr wohl gut zueinander. Bei Mann und Frau hingegen war sich der Kommissar nicht so sicher. Seine Erfahrung war, dass dies nicht länger als maximal eine Woche hält. Das war der Zeitpunkt, an dem er erkannte, dass die Ehe mit seiner Frau ein furchtbarer, nicht zu korrigierender Fehler war.

Aber das war Schnee von gestern.

„Sag mal, Angelos, wie wäre es mit Duschen?", fragte Pandis.

„Eiskalt, wie bei Loukas?"

Oh nein. Das war … furchtbar.

„Warm wäre mir lieber!"

„Wenn mir vorher jemand erzählt hätte, dass der Herr Kommissar hinter seiner trägen Fassade ein sex-süchtiger Wüstling ist, hätte ich mir das mit dem Zungenkuss nochmal überlegt."

Angelos rutschte zu Paul und legte seine Hand auf dessen Brust. Und es war wie immer. Es war eine Art Kraftübertragung, als würde der eigene Körper an das Stromnetz angeschlossen.

Energie, die Paul seit Jahrzehnten nicht mehr verspürt hatte.

„Raus, alter Mann, und ab in die Dusche. Irgendwann muss es doch selbst Dir zu viel werden. Obwohl, ich kann es ja verstehen, denn …" – trara –

„Du bist der Schönste!" Beide lachten lauthals.

Mir zu viel werden?

Das konnte sich Herr Kommissar beim besten Willen nicht vorstellen.

Sucht. Es stimmte schon.

Dabei war es nicht nur der Sex an sich, sondern es war die Nähe dieses Menschen, der ihm alles bedeutete.

Und umgekehrt war es genauso, sonst hätte er mich nicht geheiratet. Ich hätte mich nie getraut, zu fragen. Zu absurd war der Gedanke, dass ein 28-jähriger den Rest seines Lebens mit einem Fossil wie mir verbringen will.

Aber damit war es Angelos todernst.

2

Staatssekretär Markaris litt von Haus aus
unter hohem Blutdruck. Doch seit gestern
raste sein Puls.

Wie konnte das passieren?

Man denkt an alles, man sichert alles ab –
und dann kommt ein Faktor hinzu, den man
nicht kalkulieren kann: der Mensch.

Dieses dumme Arschloch!

Stiehlt einen Ferrari und fährt damit gegen
eine Mauer. Oder ein Denkmal. Vollkommen
egal.

Tot? Geschieht ihm recht.

„Hör zu. Dieser Unfall von Sokrates Junior
bringt uns in größte Schwierigkeiten. Sag
dem Senior, dass er daran denken soll, wer
für seinen hohen Lebensstandard sorgt. Das
sind wir! Von seinem Bürgermeistergehalt
könnte er sich höchstens eine kleine Hütte
leisten. Und sicher kein geheimes Ferienhaus
auf den Kapverden. Von den Konten auf St.
Kitts ganz zu schweigen. Er soll gefälligst
dafür sorgen, dass die Ermittlungen rund um
den Unfall möglichst schnell beendet
werden. Unter keinen Umständen darf die
Polizei unseren Stützpunkt in Kalo Livadi
finden! Und wenn er nicht spurt, dann sag
ihm, dass in zwei Jahren Wahlen sind und wir

gerne seinen Gegner unterstützen. Dann verliert er nicht nur unsere Provision, sondern auch sein reguläres Gehalt!!"

Sein Gegenüber rutschte unruhig auf seinem Sessel hin und her. Noch nie hatte er Markaris so erlebt. Gut, der Unfall war alles andere als hilfreich und brachte ihr Unternehmen in ernsthafte Gefahr.
„Der Mann hat gerade seinen Sohn verloren."
Markaris´ Kopf färbte sich noch röter.
„Das ist mir vollkommen egal. Hätte er seinen Balg im Griff gehabt, würde er noch leben. Und hätte kein Auto gestohlen. Noch dazu eines von unseren! Was glaubst Du, was unser Kunde dazu sagt?"
Der würde garantiert ausflippen. Oder ist es schon. Denn ihr Kunde wusste immer alles. Oft schon, bevor es passiert ist.
„Was machen wir mit der örtlichen Polizei?"
„Mit Pandis? Diesem Kretin?"
Markaris selbst hatte für dessen Versetzung nach Mykonos gesorgt.
Pandis hatte ihn doch tatsächlich als „verkappten Kommunisten" bezeichnet.
Selten dämlich. Versetzung.
Heute könnte er sich für diese Entscheidung ohrfeigen. Aber er konnte ja damals nicht

ahnen, dass ausgerechnet Mykonos noch eine so große Rolle spielen würde.

„Er könnte uns großen Ärger bereiten. Dumm ist er nicht."

Nein. Im Gegenteil. Nach den letzten Mordfällen auf Mykonos war er so etwas wie ein Medienheld geworden.

„Ich werde ihn ausbremsen, wo es geht. Untersuchungen verzögern, Ergebnisse verschwinden lassen. Und ihm Personal abziehen. Und Sokrates soll gefälligst mithelfen."

„Wussten Sie schon, dass er zwischenzeitlich wieder verheiratet ist? Und zwar mit einem Mann!"

„Alles andere hätte mich auf Mykonos auch gewundert!"

„Das Dumme ist nur, dass sein ‚Gefährte' beim Geheimdienst arbeitet."

Markaris ging zum Fenster.

„Mist. Das hat uns gerade noch gefehlt. Hätte er sich nicht einen einfachen Barkeeper nehmen können?"

„Es ist Anfang November. Wenn wir die Angelegenheit kleinhalten, haben wir gute Chancen, dass über den Winter alles vergessen wird. Wir brauchen Ruhe, bevor es im Mai wieder weitergeht."

„Ach, Markaris. Wissen Sie eigentlich, wie Pandis´ Ehemann heißt?"

„Das ist garantiert das Letzte, was mich interessiert."

„Angelos Markaris."

Markaris war sprachlos und das kam selten vor. Das war ja ein tolles Omen.

Er griff zum Telefon.

„Maria, verbinden Sie mich mit Katsakis von der Spusi."

Kurze Pause.

„Dann halt Pathologie, Auch recht."

Markaris wurde lauter.

Und sein Blutdruck stieg.

3

Der Grieche an sich hat ein fast libidöses Verhältnis zu einigen Dingen. Die Liebe seines Lebens ist die Hupe. Und zwar nicht als Warnsignal.

Die Hupe hat in Griechenland dieselbe Funktion wie ein Leserbrief oder Forengepöbel in Deutschland oder England. Sie ist ein Mittel, um allgemeinen Unmut kundzutun. Da dieser Unmut seit den Perserkriegen herrscht, ist daran kein Mangel. Nun hat der Grieche diese Hupe aber nicht im Wohnzimmer, um damit z.B. bei den Nachrichten seinen Widerstand zu demonstrieren. Sie ist mit seinem Auto verbunden. Er kann daher nur während des Fahrens protestieren: vornehmlich gegen alles und jeden. Und so sollte man sich vor dem Autofahren in Griechenland einen Gehörschutz zulegen, um die 120 Dezibel halbwegs zu ertragen. Ertönt Gehupe tatsächlich einmal im Zusammenhang mit dem Verkehr, ist das Trommelfell ernsthaft in Gefahr.

Ich bringe sie alle um, dachte Pandis, als er an die Unfallstelle kam. Jeder sieht, dass es dort einen schweren Unfall gegeben hat, sonst würde dort keine Zinkwanne stehen.

Trotzdem wurde aus allen Richtungen gehupt und gebrüllt. Gut, es war sicherlich die dümmste Stelle für einen Unfall. Der Kreisverkehr oberhalb der Stadt war das Drehkreuz des Inselverkehrs. Von der Stadt kam man nur über ihn nach Osten, nach Ano Mera und die meisten Südstränden. Ansonsten gab es nur kleine Wege, die so schmal waren, dass keine zwei Autos aneinander vorbeikamen.

Die Insel stand still. Bis zum Hafen hinunter staute sich der Verkehr und die nächste Fähre könnte nicht entladen werden, würde der Knoten nicht gelöst.

Den Ferrari hatte man schon beiseitege-schoben, eine Fahrspur wäre frei. Aber da immer drei Autos gleichzeitig in die Lücke stießen – Fädeln war ein unbekanntes Wort – half das auch nichts. Und: „Ferrari beiseite geräumt" war eine Übertreibung. Der Wagen wurde pulverisiert.

Von dem Ferrari war höchstens noch ein „Fe" übrig, dachte der Kommissar kopfschüttelnd.

Noch erschütternder war das Resultat beim Fahrer. Dessen Teile hatten sich über die ganze Verkehrsinsel verstreut. Der Kopf lag neben dem Geländer und ein Arm flog zwanzig Meter weiter in den Kiosk von Frau

Tsipras. Diese sah sich gezwungen, den Kiosk wegen Ohnmacht zu schließen. Den Arm hatte sie auf den Gehweg gelegt.

„Soll Katsakis einsammeln", meinte Pandis zu Giorgos, seinem Assistenten. Bei dem Puzzle würde er hocherfreut sein. Eine öffentliche Aufbahrung war definitiv auszuschließen. Abgesehen von dem Körpersalat und sonstigem Unrat war das Allerschlimmste: er musste Sokrates Senior kondolieren. Das war ihm höchst zuwider.

Pandis und der Bürgermeister waren sich spinnefeind. Aus politischen und persönlichen Gründen. Hauptsächlich, weil Sokrates ein Idiot ist, dachte Pandis. Und der Bürgermeister würde trotz seiner Trauer die Gelegenheit nicht versäumen, ihm eine mitzugeben.

Für diesen Fall hatte Pandis ein As im Ärmel. Er würde Sokrates möglichst scheinheilig fragen, wer denn die Wiederrichtung des Denkmals bezahlen würde.

Die Versicherung sicher nicht.

4

Li Pang saß in seinem Büro und verglich Zahlenkolonnen auf einem Computerausdruck.

Es war ein ausgezeichnetes Jahr für seine Interasia Exports Ltd. – und für ihn. Und für Herrn Markaris, Herrn Sokrates.

Kostspielig ein solches Netz, aber notwendig. In diesen Größenordnungen musste man für flankierende Maßnahmen sorgen. Ein Wohlfühlklima zur eigenen Sicherheit.

Im Rahmen der Finanzkrise musste Griechenland sein Tafelsilber verkaufen. Oder eher Silberchen, denn so viel gab es nicht zu veräußern. Ein paar schäbige Flughäfen. Ein paar Kilometer Autobahn. Aber: es gab einen der wichtigsten Häfen Europas im Angebot. Im Sonderangebot. Und die Chinesen – am planen ihrer neuen Seidenstraße – brauchten einen Brückenkopf am Ende der Trasse. Piräus.

Und Schwups war das Volk der Seefahrer seinen größten Hafen los. Natürlich: die Käufer versicherten, die griechische Belegschaft zu übernehmen und natürlich taten sie das nicht.

Sämtliche verantwortliche Posten wurden mit Chinesen besetzt, die teilweise sogar selbst Inhaber von Unternehmen waren. Ihre Büros im Hafen von Piräus waren gleichzeitig die Firmensitze im Westen. Enorm kostengünstig, denn Miete mussten sie keine bezahlen.

„Hier kann man richtig Geld verdienen", erklärte Li Pang Unternehmern im Westen immer.

Die schauten meist ungläubig, denn die größten Börsenunternehmen Griechenlands waren ein Wettanbieter und ein Getränkeabfüller.

Das „richtig Geld verdienen" hatte einen besonderen Aspekt: Es war illegal.

5

Es war der Running-gag seines Lebens. Ein
Besuch des Pathologen aus Athen sorgte
immer für Aufregung. Meist bei jenem selber.
Choleriker. Chronisch schlecht gelaunt.
Und da Pandis und Mykonos ihm immer
besonders exquisite Stücke lieferten, war
Ärger vorprogrammiert.
Angelos hatte sich an dem vergeblichen
Versuch beteiligt, den Verkehr zu regeln,
gab aber auf und kam zu Paul und Katsakis
hinzu. Gerade, als das Gepöbel begann.
„Was soll ich mit dem Haufen?", knurrte
Katsakis.
„Das ist Sokrates Junior. In unnummerierten
Teilen."
„Nein. Das ist eine Art Fleischsalat." Katsakis
hatte – wie wohl alle Pathologen – einen
Hang zur Flapsigkeit. Vielleicht notwendig,
um das Leben mit Toten zu ertragen.
„Na, jetzt weiß ich wenigstens, woher Deine
Knurrigkeit kommt", meinte Angelos
lächelnd.
„Wer sind Sie denn? Das ist ein Tatort, also
ver…"
„Darf ich vorstellen: mein Ehemann,
Angelos!"

Katsakis war wie gelähmt. Er wusste es zwar schon, aber …

„Oh, bitte um Entschuldigung. Und nein: der war schon immer ungenießbar. Von seinen Leichen ganz zu schweigen."

Pandis lächelte.

„Zumindest riecht Junior nicht. Flüssigkeiten sind alle ausgelaufen und auf zehn Quadratmeter verstreut. Das müsste Dich doch freuen", meinte Pandis.

„Pavlos, Freuen tue ich mich über einen harmlosen Giftmord."

„Harmloser Giftmord? Das schließt sich wohl aus."

„Keineswegs. Harmlos im Vergleich zu den Paul-Pandis-Mykonos-Kadavern, die Du mir immer überlasst. Wenn ich nur an den Stier denke, wird mir noch übel."

Katsakis ging auf eine Schachtel zu.

„Was ist denn da drin?", und hob den Deckel an.

Pandis wollte noch „Nein" rufen, aber zu spät.

Katsakis kotzte in das Gärtchen.

Aus der Schachtel schaute ihn Juniors Kopf an, sogar leicht grinsend.

„ZUMINDEST DER IST NOCH GANZ", rief Pandis dem flüchtenden Katsakis hinterher. Gott, ist der empfindlich.

„Das war aber richtig fies, Paul. Du wusstest, was er macht. Du hast doch Deine dunklen Seiten!"
„Die Dir sehr wohl gefallen!"
Angelos lächelte.

Dann brummte Angelos´ Telefon, was eigentlich nur passierte, wenn sein Chef, Nikos, anrief und er zu irgendeinem Einsatz musste.
Bitte, bitte nicht.
Paul hatte Angelos versprochen, beim nächsten Mal nicht mit eingefrorenem Gesicht herumzulaufen. Es mache ihm die Arbeit schwerer und sei gefährlich. Es sei nun mal seine Arbeit.
Und damit hatte er recht.
Aber Pandis hatte nun mal Angst.
Menschlich.
Doch: es war nicht sein Chef.
„Mein Bruder?"
„Was willst Du?", raunzte Angelos.
„Wo bist Du? HIER? Am Flughafen? Sag mal, hättest Du nicht vorher …"
Paul machte das Beruhigungszeichen.
„Ok, gut, Ist nun mal so. Wir sind in zehn Minuten da. Ja, WIR!!"
Angelos ließ die Arme sinken.

„Entschuldige, ich hatte keine Ahnung und ich verstehe auch nicht …"

Paul legte den Arm um Angelos und sagte: „Entspann´ Dich. Das kriegen wir schon hin! Vielleicht lässt sich dadurch alles regeln. Ich merke doch, dass Dich das mit der Familie nervt und an Dir nagt."

Angelos nickte nur.

„Ich befürchte nur, er muss bei Dir übernachten."

„Bei uns, Großer, bei uns. Und Deine Familie ist willkommen, außer sie pöbeln Dich an. Dann bekommen sie Inselverbot. Oder ich zeige ihnen die Schachtel mit dem Kopf", meinte Pandis lächelnd.

„Wie ich meinen alten Sack liebe!"

„Oder möchtest Du zuerst mit ihm alleine sprechen? Dann gehe ich solange ins ‚Da Vinci'"

„Soweit kommt´s noch. Ich habe ihm gesagt: WIR kommen und damit basta!"
Und dafür liebe *ich* ihn.

6

Die Eltern sind immer ein Problem.
Gut, meine nicht, denn die waren schon tot.
Aber Angelos´ Eltern lebten natürlich noch.
Er war ja auch erst 28.

Und das war anfangs schwierig, vorsichtig
ausgedrückt.
Erfährt ein Vater, dass sein ältester Sohn, 28,
schwul ist – Blutdruck hoch.
Er erfährt, dass dieser Sohn in einer Woche
heiratet – das Blutdruckgerät pfeift.
Er erfährt, dass sein Schwiegersohn, also ich,
53 ist – die Manschette reißt.

Zehn Tage vor der Hochzeit flog Angelos
nach Rhodos, um das unvermeidliche
Gespräch zu führen.
Es musste im Desaster enden.
Sein Vater hatte keinen Sohn mehr. Die
Mutter heulte nur und sein Bruder sagte:
„Wie kannst Du uns das antun?"

Und ebendieser Bruder, Christos, stand nun
in ihrer Wohnung. Die Begrüßung am
Flughafen war mehr als frostig. Händedruck.
Und Angelos machte ein Gesicht, wie es
Paul noch nie bei ihm gesehen hat.

Eiskalt.

Sein Bruder hatte nur wenig Ähnlichkeit mit ihm. Drei Jahre älter – und nicht annähernd so attraktiv. Man hätte nicht meinen können, dass die zwei Brüder sind.

Und heute schon gar nicht.

„Können wir unter vier Augen sprechen?", fragte Christos.

„Hast Du noch alle Tassen im Schrank? Du bist in unserer Wohnung und möchtest, dass er geht?" Angelos deutete auf Paul.

„Ich kann wirklich gehen."

„Du rührst Dich nicht von der Stelle, Paul! Was immer er zu sagen hat, geht Dich genauso an."

„Also?"

„Vater will noch immer nicht darüber sprechen. Das ganze Dorf weiß es schon. Er geht nicht mehr aus dem Haus. Am Schlimmsten geht es aber Mutter. Sie vermisst Dich. Sie hat ohnehin schon die ganze Zeit Angst um Dich!"

Dann sind wir schon zwei, dachte Pandis.

„Ich habe nicht erwartet, dass Ihr in Jubel ausbrecht. Aber ein wenig mehr Respekt wäre wohl angebracht. Und nicht nur vor mir!", schrie Angelos.

Oops. Er meint wohl mich.

„Mutter bittet Dich, nach Hause zu kommen. Mit ihm." Er deutete auf Paul.

„Nach Hause? Mein Zuhause ist hier. Und er ist mein Ehemann!"

Christos senkte den Kopf.

„Du sollst Dich mit ihr treffen. In der Stadt. Bitte. Ich glaube, sie kommt damit besser zurecht als Vater!"

„Womit? Sprich es aus!"

„Dass Du mit ihm zusammenlebst!"

„Er heißt Paul und das weißt Du ganz genau!"

„Also gut: Du sollst mit Paul kommen!"

„Wie konnte mein eigener Bruder zu mir ‚blöde Schwuchtel' sagen?" Angelos schrie noch immer.

„Es tut mir leid. Was sollte ich denn vor Vater sagen?"

„Du bist über 30. Herrgott, da hat man doch eine eigene Meinung!"

„Himmel. Ich habe selber mal mit einem Mann geschlafen. So, jetzt weißt Du es!"

Oh herrje.

Alte Familiengeheimnisse.

„Ich komme. Unter einer Bedingung: Paul kommt mit und Ihr benehmt Euch. Das heißt, wenn Du willst, Paul!"

„Klar. Ich lass Dich doch nicht alleine!"

Dann geschah etwas Seltsames. Christos ging zu Paul, nahm ihn in den Arm und sagte: „Willkommen in der Familie!"
Paul lächelte und sagte: „Du auch!"
Etwas widerstrebend näherte sich Angelos Christos und sagte: „Du Vollidiot!"

Angelos hatte der Streit sichtlich zugesetzt. Er verzog sich ins Bett.

Unten saßen Paul und Christos in der Küche.
„Meinst Du es wirklich ernst mit ihm?"
„Christos, ich liebe ihn abgöttisch. Und könnte nicht ohne ihn. Und Angelos liebt mich glaube ich auch."
„Sonst hätte er es nicht mit der ganzen Familie aufgenommen. Du musst verstehen, was das für ein Schock für meine Eltern war!"
„Für mich war der Schock genauso groß", sagte Paul lächelnd, „als mir Dein Bruder die Zunge in den Hals steckte und ich keine Lust hatte, mich zu wehren. Und ich habe es keine Sekunde bereut."
Christos lächelte.
„Und ich werde es NIE!", schob Paul hinterher.

Paul ging nach oben und öffnete leise die Tür.

„Ich bin wach, Paul."

„Gut. Ich fahre Christos morgen früh zum Flughafen. Sein Flug geht schon um 6.40 Uhr. Dann kannst Du liegenbleiben, ok? Du brauchst etwas Ruhe!"

Er hatte tatsächlich geweint.

„Danke, Paul. Für Deine Hilfe. Und dass Du mitkommst."

„Großer, ich begleite Dich nicht nur in die Dusche, sondern auch zum Familientribunal. Schließlich bin ich …"

„ … mein Bester!" und Angelos drückte Paul einen Kuss auf die Backe.

„Apropos Duschen…", meinte Paul.

„Neeeeeeeeeein, das gibt´s doch nicht!"

„Beruhige dich, Großer, das war ein Scherz!"

7

Pandis platzte.

„Haben die in Athen jetzt endgültig den Verstand verloren? Oder ist das auf Ihrem Mist gewachsen?"

Sokrates Senior lächelte.

„Wenn Sie nur einmal über den Tellerrand schauen könnten..."

Tellerrand? Er?

Ich komme aus Piräus, du Depp.

Du kommst von dieser öden Insel.

Du warst Parkwächter, bis ein Rülpser der Geschichte dich nach oben brachte.

„Der Teller klebt manchen in Athen vor dem Gesicht. Vornehmlich in der Regierung, Ihrer Regierung", tobte Pandis.

„Ich soll von 4 Mann zwei abgeben? Macht im Sommer 2 Mann für 50.000 Menschen. Eine wahrhaft sichere Insel.

Damit sollten wir Werbung machen: Polizeifreie Insel. Das erschließt ganz neue Kundenkreise!"

„Pandis. Es ist wie es ist. Wir haben beim Zoll in Piräus so viel Probleme, dass wir aus dem ganzen Land Zusatzkräfte brauchen."

„Wer ist wir?"

„Unsere Regierung", meinte Sokrates.

„Meine ist das nicht."

„So viel zu Ihrem Demokratieverständnis.
Gewählt ist gewählt. Und Giorgos und Jannis
werden für 4 Monate abgestellt nach Piräus.
Bis zur Saison sind sie wieder zurück. Pandis,
es wird Winter. Hier gibt es eh nichts zu tun."
„So, meinen Sie, Herr Bürgermeister?
Dann kann ich ja auch noch in den Urlaub
fahren ..."
„Gute Idee. Antrag bewilligt. Schönen
Urlaub!"
Pandis war selten sprachlos, jetzt schon.

Sokrates griff zum Hörer.
„Markaris? Alles erledigt. Zwei Mann
abgezogen. Und Pandis in den Urlaub
geschickt. Und ohne sein Anhängsel fährt
der bestimmt nicht!""
Markaris in Athen legte auf.
Geht doch. Endlich mal gute Nachrichten.

8

„Er hat was?"

Angelos konnte es auch nicht fassen.

„Er hat mich in den Urlaub geschickt",
sagte Paul.

„Derselbe Bürgermeister, der sonst meint,
Rathausangestellte müssten immer im Dienst
sein?"

„Es ist absurd. Und das, obwohl wir ab
Montag dann nur noch einen Mann in der
Polizei haben. Wenn sich das herumspricht –
was auf einer kleinen Insel 5 Minuten dauert
–, werden die Einbrüche rapide ansteigen.
Vor allem in den im Winter unbewohnten
Villen. Die Herrschaften brauchen dann nur
zeitgleich in zwei Häuser einzubrechen. Bei
nur einem Polizeibeamten bleiben sie in
einem Haus garantiert ungestört."

„Das ist doch hervorragend. Lass dem
Chaos seinen Lauf. Den Ärger kriegt der
Bürgermeister ab, sicher zu Deiner Freude."

Da hatte Angelos nicht unrecht. Wer
bescheuerte Maßnahmen anordnet, kann
nicht erwarten, dass andere sie ausbügeln.

„Dann könnten wir nach Rhodos fahren",
schlug Angelos vorsichtig vor.

„Aber klar. Habe ich Dir versprochen, halte
ich! Erst Rhodos und dann noch eine Woche

zur Erholung. Aber keine Kreuzfahrt. Nichts, was mit Wasser zu tun hat."

Im Mordfall Chatami wäre Pandis fast ertrunken. Mit Wasser war er fertig,

„Mir wäre es nach Wald und Blumen. Irgendwas Grünes."

Von Felsen und verbrannter Erde hatte er genug. Jedes Jahr windiger, jedes Jahr weniger Regen. Wer den Klimawandel leugnet, braucht nur hierher zu kommen.

„Wir könnten für zwei Wochen nach Madeira. Mehr Grün und Pflanzen geht nicht. Und es ist im Herbst und Winter angenehm warm", meinte Angelos.

„Ich war schon mal da."

So?? Mit wem??

„Mit meiner damaligen Freundin."

Himmel. Der Mann kann Gedanken lesen oder steht mir so etwas auf der Stirn? Angelos und Frauen? Schwer vorstellbar.

„Ich weiß, dass das für Dich schwer vorstellbar ist …"

Himmel. Schon wieder.

Ob er wohl mit ihr auch so oft Duschen war?

„… aber beruhige Dich: das Duschen hat keine 5 Minuten gedauert."

Ok, ich stülpe mir jetzt einen Eimer über.

Portugal? Warum nicht? Lissabon hat mir gefallen. Abgesehen davon, dass meine Frau dabei war und eine Woche nur genörgelt hat.

Grün, Pflanzen und Frau-frei. Ideal.

„Warum nicht? Buchen wir es einfach. Sofort. Damit Sokrates möglichst schnell auf die Schnauze fliegt."

„Aber nicht, dass Du beim ersten Hilferuf nach drei Tagen nach Hause fliegst", meinte Angelos.

Pandis lächelte.

„Das ist garantiert das letzte, was ich tun würde. Aber zunächst muss ich Rhodos heil verlassen, ohne im dunkelsten Verlies eingesperrt zu werden."

„Keine Sorge. Dann kommt der edle Ritter auf dem weißen Pferd und rettet Dich!"

„Du meinst sicherlich der ,edle und gutaussehende Ritter'!", flachste Paul.

„Wie konnte ich nur vergessen, mich selber zu loben. Das passiert mir doch sonst nie!"

Angelos lachte. Dieses bezaubernde Lächeln.

„Kein Problem. Das übernehme ich, für den seltenen Fall, dass Du es vergisst. Das Schlimme ist ja immer: es stimmt!"

„Sag mal, wie alt ist Deine Mutter eigentlich?"

„52. Warum?"

Oh mein Gott. Die ist ja jünger als ich,
dachte Pandis. Welche Mutter hatte schon
einen älteren Schwiegersohn?

„Nun hat sie einen Schwiegersohn, der älter
ist als sie", meinte Angelos.

Pandis starrte ihn an. Das war beängstigend.
Ich brauche den Eimer.

9

Vereinbart war ein Treffen im Hotel in der Stadt.

Auf neutralem Boden.

Und Angelos Mutter war eine Schönheit, trotz oder vielleicht wegen ihres fortgeschrittenen Alters.

Sie rannte auf ihren Sohn zu und umarmte ihn stürmisch und mit zahllosen Küsschen.

Klar, er war der Jüngste – der Lieblingssohn.

„Und das ist Paul, Dein Schwiegersohn!"

„Hallo, Frau Markaris. Ich weiß, der Schwiegersohn hat schon mehr Falten als erwartet!"

Pandis erntete zumindest ein kleines Lächeln.

„Könnte ich zuerst mit meinem Sohn sprechen, alleine?"

„Mama, das kommt nicht …"

„Angelos, das geht schon in Ordnung. Ich warte an der Bar."

Er setzte sich mit dem Rücken zu den beiden, um nicht in Versuchung zu kommen, zu lauschen oder auf die Gesten zu achten.

Es dauerte keine zehn Minuten bis Angelos kam.

„Alles in Ordnung, Paul?"

„Aber ja. Selber?"

„Ich denke, sie wird es wohl akzeptieren und später wird sie Dich wohl mehr lieben als mich!"

„Sag mal, kann ich mit Deiner Mutter auch mal unter vier Augen sprechen?"

Angelos schaute verdutzt.

„Warum?"

„Vertrau mir, Angelos."

„Natürlich. Entschuldige. Platztausch!"

Paul ging hinüber und setzte sich zu Angelos´ Mutter.

„Frau Markaris, ich weiß, wie schockiert Sie sicher waren. Ich war es auch. Und die ersten Tage war ich vollkommen verwirrt. Aber danach wusste ich, dass ich ohne Ihren Sohn nicht leben kann. Für die Enkel muss halt Ihr anderer Sohn sorgen. Für eine Schwangerschaft bin ich zu alt!", sagte Pandis.

Sie lachte lauthals.

„Aber darf ich Sie etwas fragen, Frau Markaris?"

Sie nickte.

„Wie kommen Sie mit seinem Beruf zurecht? Ich nämlich gar nicht. Ich sterbe jedes Mal vor Angst. Andererseits muss ich ihn unterstützen und darf ihm kein schlechtes Gewissen machen. Aber ich kann nicht aus meiner Haut. Ich habe 24 Stunden Panik jeden Tag – bis Angelos wieder da ist."

Ihr Gesicht verdunkelte sich.

„Ich bete zu Gott."

„Das fällt bei mir aus. Ich will Sie nicht beleidigen, aber wer wie ich mit abgetrennten Köpfen und zerstückelten Leichen zu tun hat, der kann an keinen Gott glauben."

„Ansonsten sterbe ich wie Sie vor Angst", sagte sie. „Und ich mache das schon länger durch. Damals, als er nach Libyen im Koma lag …"

„Was bitte? Ich weiß zwar von Libyen und der Latrine, aber von Koma …"

„Seien Sie ihm nicht böse. Er wollte Sie sicher schonen. In der Latrine hat er sich einen Virus eingefangen, alle Antibiotika haben versagt und er fiel ins Koma. Das letztmögliche Antibiotikum schlug dann an. Es war furchtbar."

Und wie schon erwähnt, war Paul neuerdings – seit Angelos´ Auftauchen – nah am Wasser gebaut.

Ihm kamen die Tränen.

„Ich kann aber nicht verlangen, dass er seinen Beruf aufgibt. Und wenn der noch so abartig ist. Himmel, wenn ihm irgendetwas passieren sollte, ist mein Leben auch vorbei. Und das ist keine Floskel. Ich liebe Ihren Sohn wirklich, voll und ganz. Mehr kann ich nicht sagen!"

„Wollen wir uns nicht duzen? Schließlich bist Du mein Schwiegersohn, wenn auch ein wenig alt!"

„Jetzt weiß ich, woher Angelos seinen Humor herhat!" Pandis lachte.

Merlina Markaris winkte ihren Sohn dazu.

„Also: ich werde Deinem Dickschädel von Vater erklären, dass er das alles akzeptieren muss. Und ich werde ihm keine Wahl lassen. Ansonsten gibt es unbefristetes Sexverbot. Sobald er wieder klar im Kopf ist, besuchen wir Dich … Euch! Zufrieden, Sohn?"

Angelos drückte seine Mutter.

„Ich freue mich auf Euren Besuch. Ist Dir das so recht, Paul?"

Pandis verdrehte die Augen.

„Es ist auch Deine Wohnung, Angelos. Deine Familie kann jederzeit kommen. Vielleicht nicht alle auf einmal …"

Mama Markaris lachte.

Sie nahm ihren Sohn beiseite und sagte leise:

„Er ist witzig und das ist wichtiger als man glaubt. Und er liebt Dich über alles!"

„Ich weiß."

„Angelos, das ist nicht selbstverständlich. Das muss man sich verdienen. Liebe ist manchmal harte Arbeit."

Angelos dachte an das Duschen und nickte heftig.

Dann drückte sie Paul und sagte: „Wenn er den nächsten Einsatz hat und Du damit nicht zurechtkommst, dann ruf mich an. Zu zweit leidet es sich besser!"

„Das mache ich ganz bestimmt!", sagte Paul.

Als Mama Markaris gegangen war, schaute Angelos Paul von der Seite an:

„Wie hast Du das geschafft? Ich hätte schwören können, dass sie Dich erst nach zwei Jahren duzt, frühestens."

Paul legte den Arm um Angelos.

„Das lief doch ganz gut!", meinte Paul.

„Ganz gut? Das lief besser als geträumt. Ich …"

„Großer, was ist? Tränen? Bei Dir?"

„Auch ein edler und gutaussehender Ritter darf einmal weinen." Und nach einer kurzen Pause fügte er hinzu: „Ich bin Dir sehr dankbar, das weißt Du!"

10

Vier Stunden an Bord eines Flugzeuges sind eine Zumutung.

Pandis fluchte.

Das Boarding war für ihn jedes Mal Auslöser einer schweren Hypertoniekrise. Frauen, die versuchen, Gepäckstücke in das Overhead-Compartment zu zwängen, die offensichtlich dafür deutlich zu groß sind. Dass Frauen daraufhin immer das Gepäckstück drehten, ließ ihn immer sprachlos werden. Als ob ein Koffer durch Drehen niedriger werden würde.

Noch nerviger ist, dass offenbar jeder Passagier mit Betreten eines Flugzeuges inkontinent wird. Das Flugzeug ist noch im Steigflug und schon geht es in Richtung Toilette, die dann bis zur Landung durchgehend belegt ist.

Nicht zur Hebung seiner Laune hatte beigetragen, dass Angelos ihm erzählte, dass Madeira zu den gefährlichsten Flugplätzen der Welt gehört. Er habe eine Dokumentation gesehen, da ...

Dementsprechend war dann auch die Landung. Mehr quer als vorwärts landete die 737 der TAP. Nicht, dass er Flugangst hatte, aber es war ihm schlicht zuwider.

Aber gut. Man war da.
20 Grad. Transfer. Hotel.
Es lag leicht oberhalb von Funchal mit
wunderschöner Aussicht.

Nach dem Einchecken ging Paul Pandis zum
Concierge und präsentierte ein DIN A4-Blatt
mit folgendem Text:

Falls ein Herr Sokrates/das Rathaus Mykonos
oder die Polizei Mykonos anrufe, gelten
folgende Regeln.

I. Ich bin grundsätzlich nicht da.
Bei Anruf 1: Herr Pandis macht einen Ausflug
in den Norden.
Bei Anruf 2: Herr Pandis macht einen Ausflug
in den Süden.
Bei Anruf 3: Herr Pandis ist heute auf den
Azoren.
Bei Anruf 4: Herr Pandis macht heute eine
Bootsfahrt – ganztägig.
II. Für die Anrufe 5-8 gibt es einen neuen
Zettel.

Zusammen mit 50 Euro war somit sicherge-
stellt, dass er nicht belästigt würde – und Herr
Bürgermeister mächtigen Ärger bekäme.

Tags darauf saßen die beiden Urlauber vor dem Café Ritz, einem wunderschönen Jugendstilbau und genossen den Ausblick auf den botanischen Garten.

„Weißt Du, was ich komisch finde?"

„Nein", meinte Angelos.

„Dass sich Katsakis nach dem Unfall nie gerührt hat. Normalerweise ruft er am nächsten Tag an, wenn auch nur, um zu pöbeln."

„Oh Paul, Du bist im Urlaub!"

Stimmt ja.

Trotzdem: Seltsam.

„Und wieder mal hast Du bezahlt", sagte Paul zerknirscht.

„Da täuschst Du Dich!"

„Bitte?"

„Das ist das Hochzeitsgeschenk meiner Mutter. Es kam ein Kuvert mit Geld und einer Karte. Auf der stand: ‚Für Euren Urlaub. Grüße Paul. Du bist ein Glückspilz'"

Paul war sprachlos.

„Das sagst Du mir erst jetzt?"

„Ich dachte, wenn ich es Dir sage, wirst Du noch eingebildeter!" Angelos lachte.

„Im Ernst, ich weiß nicht, wie Du meine Mutter auf Deine Seite gezogen hast. Du bist ein Zauberkünstler!"

„Apropos Zauberkünstler. Hattest Du schon einmal Sex in einer Seilbahn?", fragte Pandis.
„Vielleicht hätte ich meiner Mutter erzählen sollen, dass ihr Schwiegersohn ein sexbesessenes Monstrum ist!"
„Du hast recht. Ich möchte nicht, dass Du denkst, das wäre mir das Wichtigste!"
„Aber ich kann es ja verstehen, denn …"
„… Du bist der Beste!", ergänzte Paul lachend.
„Paul, wie lange braucht denn die Seilbahn?"
„Ich glaube, 18 Minuten, Angelos."
„Hui, so schnell war ich noch nie!"
Und er lachte.

11

Polizeianwärter Stefanos saß in seinem Büro
und wusste nicht, wo ihm der Kopf stand.
Bei Elia gab es einen schweren Verkehrs-
unfall.
Im Supermarkt proton hat eine 40-jährige
Griechin eine Packung Damenbinden
entwendet. Und oberhalb von Ornos gab es
einen Buschbrand.
Etwas viel für einen Beamten, vor allem,
wenn die Einsatzorte an beiden Enden der
Insel lagen.
Er machte genau das, was Pandis ihm
aufgetragen hatte: Sitzenbleiben und alle
Apparate auf das Bürgermeisteramt
umstellen. Dann sollte er für eine Stunde in
sein Lieblingscafé gehen.
Und Stefanos wusste, dass es besser war,
Pandis´ Befehlen zu folgen.

Zwei Stunden später war Bürgermeister
Sokrates kurz vor dem Exitus. Seine Sekretärin
auch.
Geschätzt 30 Mal hatte in den letzten zwei
Stunden das Telefon geläutet. Gefühlt 60
Mal.

„Nein, Frau Mantzaris, ich kann Ihnen keinen Polizeibeamten schicken, der Ihre Katze vom Garagendach holt."

„Nein, Frau Mantzaris. DAS IST NICHT MEINE AUFGABE."

„Von mir aus kann Ihre Katze in den Schredder springen. Und wen Sie das nächste Mal wählen, ist mir VOLLKOMMEN EGAL. ENDE!"

So ging es nicht weiter.

Alles, wirklich alles, sträubte sich innerlich gegen das Unvermeidliche.

Vor allem wusste er nicht, wie Athen reagieren würde.

Athen könnte ihn kreuzweise.

„Maria, finden Sie heraus, wo sich Pandis rumtreibt und rufen Sie ihn an!"

Maria setzte ihr kältestes Gesicht auf.

„Adresse rausfinden, ja. Aber anrufen müssen Sie schon selber. Schließlich haben Sie ihn in den Urlaub geschickt. Und außerdem ist Pandis alles andere als freundlich."

Er ist ein Rüpel.

Sokrates schaute ungläubig. Was ist denn hier los? Zwergenaufstand?

Ich bin der Bürgermeister. Ein Blick in Marias Gesicht machte ihm klar, dass er keine

Chance hat. Er musste einen seiner Lieblings-
feinde um etwas bitten. Mist.
Manchmal wünschte er sich seinen alten
Job als Parkwächter zurück.
Obwohl. Heute verdient er das 20-fache.
Gut: nicht ganz legal.

12

Doch die Laune war auch bei Familie Pandis nicht die beste, zumindest Paul war genervt. Die Herren saßen auf dem Revier der Polizei in der Rua da Ponte 7, Funchal.

Als ihre Kabine an der Bergstation eintraf, warteten da schon zwei Polizisten, die sie freundlichst darum baten, vielleicht ihre Gürtel neu einzufädeln und dann mitzukommen.

„Unzucht in der Öffentlichkeit", meinte der Diensthabende.

„Wäre es mit Peitsche Zucht?", fragte Angelos fröhlich.

„Wenn Sie sich schon einen jüngeren Herrn greifen, können Sie ihn dann nicht mit ins Hotel nehmen, wie jeder ..."

„Der jüngere Herr ist mein Ehemann."

„So? Gibt´s das auch schon?"

„Ja. Das gibt es."

Angelos ging dazwischen. „Und der ältere Herr ist noch ziemlich fit, wie Sie sehen können!"

„Angelos!"

Der Beamte drehte das Notebook und zeigte den beiden die vermeintliche Schandtat.

„Hervorragende Bildqualität", meinte Angelos.

„Angelos!"

„Könnten Sie uns das als CD brennen?"

„ANGELOS!"

„Was denn?"

„Auf Unzucht in der Öffentlichkeit stehen bis zu drei Monate Gefängnis!"

„Herrje. Wenn es so wäre, müssten wir auf Mykonos Container-Gefängnisse bauen. Ich bin selber bei der Polizei!"

„Dann frage ich mich, was Ihr Chef von dem Video hält!"

Angelos lachte lauthals.

„Sein Chef? Sie sprechen mit dem Polizei-präsidenten."

„Angelos!"

„Und Sie dachten, wenn ich schon mal auf Madeira bin, lasse ich einfach mal die Hose runter!"

„Nein. Ich habe sie ihm heruntergerissen!", antworte Angelos.

„Vielleicht denken Sie einmal dran, dass das Kinder sehen könnten."

„Seit wann sind in einem Video-Kontrollraum Kinder anwesend? Im Vorbeifahren kann man gar nichts sehen. Dafür ist die Kabine zu schnell. Bei uns gibt´s eine freundliche Ermahnung."

„Bei Ihnen ist das offensichtlich gang und gäbe, bei uns nicht."

Eine Spende von 500 Euro für den Polizeisportverein brachte Familie Pandis aus der Bredouille.

Beim Hinausgehen sagte der Beamte noch: „Es gibt noch eine zweite Seilbahn. Wenn ich Sie darin erwische, sitzen Sie!"

„Keine Sorge. Die fährt nur 11 Minuten, das schaffen wir nicht", gab Angelos breit grinsend zurück.

„Angelos!"

Er amüsierte sich köstlich. Pandis weniger.

13

Und so läutete im Pestana Casino Park das Telefon...

...und der Concierge arbeitete seine Liste ab.

„Herr Pandis ist heute auf einem Ausflug nach ...“

„Ich weiß nicht, ob er die Nachricht erhält, denn er fährt morgen sehr früh nach ...“
Natürlich verstand Sokrates.

Es dauerte drei Tage, bis er sich – nach einer Valium und zwei Ouzo dazu entschloss, noch einmal anzurufen.

„Herr Pandis ist heute ...“

„STOP. Bitte. Schreiben Sie ihm eine Nachricht. Er wird sich darüber freuen. Sie lautet: Der Bürgermeister sieht ein, dass er einen Fehler gemacht hat. Er bittet – und das bitte groß – freundlichst um Rückkehr. Es herrscht Chaos.“

Dies war am 12. Tag des Urlaubs und so konnte er problemlos zurückschreiben – per SMS an Stefanos, dass er in zwei Tagen zurückkäme.

Mit einem breiten Grinsen.

Herr Bürgermeister musste einen Kotau machen. Und in Zukunft wäre ein Urlaub ein hervorragendes Druckmittel.

Und um Seilbahnen würde er in Zukunft einen Bogen machen.

14

Kommissar Paul Pandis saß verzückt auf seinem Balkon und blickte hinunter auf den Strand von Kalafati. Es war einer der wenigen warmen Tage im Dezember. Noch seltener: es war windstill. Ein riesiger Strand ohne einen einzigen Menschen. Ein Traum. Man muss erst in den Urlaub fahren, um das eigene Zuhause schätzen zu lernen. Und ein bisschen Abstand zur Arbeit schadet auch nichts.

Neben ihm stand eine Packung frisches Baklava. honigtriefendes Blätterteiggebäck, bei dessen Zuckergehalt bei einem Westeuropäer der HBAC-Wert letale Grenzen überschritten hätte. Aris sagte immer, der griechische Körper hat drei Röhren. Neben Luft- und Speiseröhre besitzt er noch eine Zuckerröhre, die direkt zum Enddarm führt. Somit bekommt er kein

Diabetes (stimmt in der Regel) und kein Übergewicht, trotz der Süßspeisen, die alle pauschal großzügig mit Honig überschüttet werden.

Und so ließ Pandis den Honig aus beiden Mundwinkeln fließen.

Köstlich.

Er nahm ein weiteres Stück und ließ den Honig auf Angelos´ Bauch tropfen.

„Bin ich Dir noch nicht süß genug?"

„Doch. Aber ich brauche einen Grund, Dir über den Bauch zu lecken."

Zwei Stunden später saß er entspannt in seinem Auto und beschloss, er sei jetzt bereit für das Büro. Er rumpelte über die Boden- wellen der Straße zwischen Kalafati und Ano Mera.

Die vierzig Jahre alte Straße war mehr ein Mountainbike-Trail mit höchstem Schwierig- keitsgrad.

Plötzlich hörte er ein Dröhnen.

Etwas Rotes kam in Schlangenlinie auf ihn zu.

Ein Ferrari. Mit zu kurzen Federn. Das heißt: auf solchen Straßen Höchsttempo 20.

Aus einem Grund, den er nicht erklären konnte, hielt er an und drehte.

Er folgte dem Ferrari. Ein Ferrari im Dezember auf Mykonos? Zumindest seltsam.

Er kam mit seinem Peugeot gut hinterher –
bis zu der Stelle, an dem die Straße besser
wurde. Innerhalb eines Wimpernschlages
war der Ferrari enteilt. Er fuhr die Straße
weiter, schaute rechts und links – ob er
abgebogen sein könnte, hinunter nach
Kalafati. Nichts.
Andererseits: das Fahren eines Ferrari ist nicht
strafbar. Es war nur ein Gefühl.
Auf dem Rückweg war ihm klar, dass der
Renner sicher zu den Villen von Kalo Livadi
gefahren war. Domizil der Reichen.
Gut, dann eben nicht. Zurück ins Büro.

15

Aristidis Chalathes stand auf der riesigen Terrasse der Villa Hermano am Gipfel von Kalo Livadi, dem reichsten und teuersten Pflaster auf Mykonos. Wer hier wohnt, muss mindestens 10 Mio Euro für Grundstück und Haus investieren.

Wer hier wohnt, hat in der Regel mindestens ein Vermögen von 500 Mio – aufwärts.

Der Teil ist so exklusiv, dass er auf manchen Karten nicht erscheint. Normale Touristen haben keine Chance, auch nur in die Nähe zu kommen. Und zu manchen Anwesen führt keine Straße. Erreichbar nur mit Helikopter.

Reiche sind gerne unter sich.

Super-Reiche sind gerne allein. Natürlich mit Entourage.

Reiche laden ihre Nachbarn manchmal ein. Superreiche machen so etwas nicht.

Aristidis Chalathes gehört zur zweiten Kategorie, oder zumindest war er auf dem Weg dorthin. Nun, leider musste er den Kuchen teilen. Mit zu vielen Leuten. Würde er das Geschäft alleine führen, könnte er…

Ach, er wollte gar nicht drüber nachdenken. Aber der Tag wird kommen. Ohne ihn geht überhaupt nichts, denn die Villa Hermano war die einzig mögliche Basis auf Mykonos. Und auf eine andere Insel konnten seine Partner nicht ausweichen.

Nur auf Mykonos funktionierte dieses einträgliche Geschäft. Und niemand konnte ihnen hier gefährlich werden.

Ein schönes Leben, dachte er beim Blick auf die anderen Anwesen. Und dann dieser Ausblick.

Natürlich hätte man hier gar nicht bauen dürfen, aber der Bürgermeister war ein „empfänglicher" Mensch. Und Athen hatte auch mitgeholfen. Im Übrigen kann man die Dimension der Anlage von außen gar nicht ermessen.

Einfach genial gemacht. Eine Sackgasse, die vor Mauern und Felsen endet. Felsen, so hoch getürmt, dass man praktisch nichts sehen kann. Direkte Nachbarn gab es auch keine, denn beim Grundstückskauf war man gründlich.

Er betrat das riesige Wohnzimmer, an dessen Wänden Kunstwerke von beträchtlichem Wert hingen. Ein Modigliani, ein Degas… Er ging zur Klimaanlage und überprüfte die Temperatur. Kunst ist empfindlich. Gleichbleibende Temperatur, kein Lichteinfall.

Er ging durch den Gang zum Lift.
Er drückte auf „3 UG" und schon ging es
bergab.
Als sich die Türe öffnete, war es mit seiner
Ruhe vorbei. Schleifen, Hämmern, lautes
Radio.

„Hört mal zu. Damit das klar ist. Ich möchte
nicht mehr erleben, dass mit einem der
Autos eine Spritz- oder Testfahrt
unternommen wird. Ihr habt gesehen, was
mit Sokrates passiert ist. Fliegen wir auf,
landen wir alle im Knast. Ihr auch", und
zeigte dabei auf jeden Einzelnen.
„Es gilt absolute Vorsicht. Normales Fahren,
kein Aufheulen des Motors oder
durchdrehende Reifen. Ihr fahrt die Dinger
wie einen VW, Haben es alle kapiert?"
Nicken aus allen Ecken.

16

„Mist. Was machen wir jetzt mit dem Rennen heute Nacht? Wir haben schon 10.000 als Einsatz eingenommen. Das können wir doch jetzt nicht wieder zurückgeben", meinte Kostas, einer der jungen Mechaniker.

„Wir ändern gar nichts. Chalathes kann uns mal. Der weiß nicht mehr wohin mit seinem Geld. Und wir sollen hier für ein paar Tausend schuften. Nee, wenn wir schon kein Geld bekommen, dann wollen wir wenigstens unseren Spaß und ein kleines Zubrot. Chalathes geht um 23 Uhr ins Tropicana. Heißt, wir können um Mitternacht loslegen – so wie immer.

Angefangen hatten sie damit vor drei Monaten. Die wenigen Anwohner hatte man mit Geld dazu bewogen, wegzusehen und wegzuhören.

Anfangs war es mehr Zeitvertreib und Spaß am Fahren. Doch in Insiderkreisen sprachen sich die Rennen schnell herum. Über die Website konnte man diskret Wetten platzieren. Sie staunten selber, welche Summen eingingen. An Aufhören war daher nicht zu denken.

„Es sind drei Rennen. Wir sind längst fertig, bevor er nach Hause kommt. Und die Bullen kommen uns mit ihren Peugeots eh nicht hinterher", meinte Andreas.

17

Sie nannten die Rennen „Mykonos Speed". Nicht überaus originell, aber zumindest wusste jeder, was Sache war. Schon seit letztem Frühjahr veranstalteten sie diese Rennen. Startgelder, Wetten – es war höchst einträglich. Passiert ist bisher fast nichts. Kleinere Blechschäden konnten sie schnell in der Villa Hermano beheben.
Und nirgendwo gab es solche Rennstrecken. Kurven der Extraklasse. Sprungschanzen. Was für ein Spaß! Und es war noch besser: es war bezahlter Spaß!

Die Strecke führte vom großen Parkplatz des Principote in Panormos steil nach oben, von da an in halsbrecherischen Kurven hinab in die Senke bis zur Hauptstraße. Dort wenden und zurück. Keine große Gefahr entdeckt zu werden. Aber insgesamt 6 km, die einzigartig waren.

Nikos und Andy waren die ersten Fahrer. Obwohl das Principote im Dezember geschlossen war, waren Hunderte Schaulustiger da.

Nach dem Le Mans-Start rannten die Fahrer zu ihren Boliden und fuhren unter Getöse und mit qualmenden Reifen los. An der Ausfahrt links gab es den ersten Blechschaden, weil die Straße schlicht zu eng für zwei Fahrzeuge war, vor allem wenn diese querstehen.

Unter dem Gebrüll der Motoren ging es abwärts. Die meisten Zuschauer standen oben auf der Kuppe, weil man von dort fast die gesamte Strecke übersehen konnte. Die Lichter, das Gedröhne und den Funkenflug, wenn die Ferrari vom Boden abheben und wieder landen.

Da waren sie wieder. Die Kehre hinter sich ging es zurück.

Doch an der Einfahrt zum Stausee passierte es. Das rechte Fahrzeug brach aus und trotz gegensteuern knallte es gegen den Wasserdurchlauf. Totalverlust.

Kostas und Andy lagen im zweiten Untergeschoss der Villa Hermano in der Ecke. Jeder hatte seine letzte Reise bereits hinter sich.

„Schafft sie weg", sagte Chalathes. „Und der Nächste kommt nicht so glimpflich davon.

Beide hatten den Unfall zwar überlebt, aber nicht lange. Einer der Mechaniker verständigte Chalathes, denn mit den beiden Schrottwagen, es kam noch ein weiterer hinzu, waren die Rennen nicht mehr zu verheimlichen.

Zwei Wagen Totalverlust.

Er musste ein Exempel statuieren.

Und so jagte er Kostas und Andreas, die gefesselt auf Stühlen saßen, je eine Kugel in den Kopf.

18

12. April

Ein Feiertag.
Nach fast einem halben Jahr war es wieder
soweit: sein geliebtes „Da Vinci"-Café an
der Uferpromenade öffnet wieder.
Mit einem Blumenstrauß für die Bedienung
lief Pandis ein und rief die berühmten Worte:
„Einen doppelten Hausbrandt". Hoffentlich
hatten sie in Turin über den Winter das
Kaffeerösten nicht verlernt. Aber nein!
Wie heißes Öl fraß sich das Getränk durch
das Gehirn und erweckte bestimmte
Windungen zum Leben.
Den Beweis lieferte das Gehirn nach einer
Minute.
Sokrates.
Junior, nicht Senior.
Er einnerte sich daran, dass er keinen
Obduktionsbericht und auch kein Spusi-
ergebnis bekommen hatte. Natürlich war es
ein Unfall, aber die Frage des gestohlenen
Ferraris war immer noch offen.
Niemand vermisste einen. Weder in Grie-
chenland noch sonst wo in Europa.
Das war seltsam. Gut.
Er würde Katsakis anrufen.

Aber bevor er mit dem täglichen Ritual fertig war, schepperte das Handy.

Zorn. Sie würden es nie lernen.

„Chef, Unfall am Stausee. Kein Verletzten und das Fahrzeug ist auch weg."

Giorgos war wieder zurück und führte sich gleich wieder gut ein.

„Wie kann es einen Unfall ohne Fahrzeug geben?"

„Äh ja, es gab sicher einen. Eine Nachbarin hat gestern Nacht ein Rennen gesehen. Dann ist es passiert."

Was, Giorgos, was?

Ich drehe ihm noch den Kragen rum.

„Einer der Wagen ist ausgebrochen und dann in den Graben gerutscht."

„Dann muss es ja einen Krankenwagen und einen Abschleppdienst gegeben haben", meinte Pandis.

„Eben nicht. Keine der Kliniken hatte einen Zugang. Und von den Abschleppdiensten war auch keiner draußen."

Das hingegen war mehr als mysteriös.

„Gut, Giorgos, ich fahre mal hin."

„An der Einfahrt zum Stausee."

Mit seinem Peugeot kroch Pandis Richtung Panormos. Trotz April war schon Juni-Verkehr.

Er bog vor der Kart-Bahn links ab bis zum Stausee.

Und der war eine Staupfütze. In den beiden letzten Jahren gut gefüllt, hatte es im Winter fast nichts geregnet. Das wird ein Problem-Sommer mit stinkendem Wasser aus dem Hahn.

Da waren sie.

Die Spuren eines kapitalen Unfalls.

Erde, herausgerissene Grasbüschel, abgebrochene Teile des Abflussrohres.

Aber keine Autoteile. Das war nicht normal und daher verdächtig. Unfallort reinigen, ok. Unfallort steril machen?

Da fand Pandis unter einem Büschel Gras ein Stück Lack.

Sehr gut. Das würde helfen.

Wobei – das ahnte er noch nicht.

19

„Katsakis."

„Pandis."

Stille.

„Was ist es diesmal? Eine Frau, die in den Mixer gefallen ist? Oder ein Straßenarbeiter, der plattgewalzt wurde? Nur zu, ich bin nichts anderes gewöhnt. Aber lass mich erst hinsetzen."

Pandis lachte.

„Zur Abwechslung habe ich mal keine Leiche."

„So?? Heißt, ich muss nicht auf diese grässliche Insel?"

„Ochi-Nein. Aber ich habe dennoch etwas für Dich. Ein Stück Autolack und ich müsste wissen, zu welchem Auto er passt."

„Schicken. Macht die Spusi."

„Und dann sag mal. Ich habe bis heute keinen Obduktionsbericht von dem Sokrates-Unfall."

Und schon war es vorbei mit Katsakis´ Gelassenheit.

„Hast Du sie noch alle? Das ist ein halbes Jahr her. Abgesehen davon: Man kann keinen Körper aufschneiden, der quasi explodiert ist. Da steckten Zähne im Fuß. Und überhaupt: was soll da eine Obduktion? Ein Verbrechen ist ein Unfall nicht."

„Manchmal doch, wenn man genau hinschaut."

„Himmel, das waren – Katsakis blätterte – 36 Teile. Und das ohne Kleingewebe. Da hätte man auch keine Schusswunde entdecken können. Unfall. Schluss."

„Und was war mit dem Ferrari?"

„Was soll mit dem sein?"

Katsakis klang wirklich überrascht.

„Der Ferrari? Der wurde nicht untersucht. Anweisung von oben. Zu teuer."

Pandis glaubte nicht richtig zu hören.

„Und wo ist er jetzt?"

„Das wissen nur die Götter. Hier kam er nie an."

Und damit war Pandis klar, dass er auf dem Aktendeckel das Wort „Unfall" durch „Mord" ersetzen sollte.

20

Staatssekretär Markaris tobte.

Sein Gegenüber hoffte nur, dass nicht auch noch er Ziel des Zorns würde.

„Chalathes hat die Sache nicht im Griff. Der zweite Unfall. Zwei Mal Aufsehen. Er meinte zwar, man hätte die Verantwortlichen ausgemacht und neutralisiert, wie er meinte. Aber noch ein Zwischenfall und alles fliegt auf. Uns eingeschlossen. Da war endlich Gras über die Sache gewachsen und dann kommen diese Idioten mit einem Rennen daher. Das Schlimmste aber ist, dass Pandis wieder im Dienst ist. Der wird nicht aufgeben. Und bestechen funktioniert bei ihm nicht.

„Aber Sokrates könnte doch die Ermittlungen bremsen."

„Das kann er nicht. Das wäre jetzt zu auffällig. Dann wäre Pandis endgültig klar, dass er auf etwas Großes gestoßen ist."

Markaris seufzte.

Was konnte er tun?

Es würde nicht anders gehen. Er muss selber nach Mykonos und mit Chalathes Klartext reden.

21

„Pandis."
„Katsakis."
„Was hast Du für mich?"
„Das Lackteil stammt von einem Ferrari."
Was Pandis nicht überraschte.
Schon das akribische Beseitigen sämtlicher
Spuren war auffällig.

Hätte Pandis etwas gewartet, so hätte er mit
Katsakis doch über eine Leiche sprechen
können.
Am Morgen wackelte der dreijährige
Wotan-Tilman aus Wanne-Eickel mit seinem
Eimerchen in Richtung Wasser.
Der Strand von Elia gefiel dem Kleinen
außerordentlich. Das Wasser war zwar noch
kalt, aber Spielen im Ufersand machte ihm
genauso viel Spaß wie Baden.
Der Mann neben ihm hatte wohl ebenfalls
seinen Spaß. Seit 15 Minuten tauchte der
Mann nun schon. Blick nach unten, ohne
jede Regung.
Wotan-Tilman fragte sich, wie man nur so
lange Luft anhalten kann. Könnte er das
auch lernen? Damit würde er seine Freunde
beeindrucken können.

Er würde den Mann einfach fragen, wie man das macht.
Eine größere Welle spülte den Mann an den Strand.
Plötzlich kamen dem Jungen Zweifel.
Richtig gesund sah der Mann nicht mehr aus.
Da sah Wotan-Tilman das Loch an der Stirnseite.
Und schrie.

22

Kommissar Paul Pandis saß am Strand von Elia im Café und sah seinen Mitarbeitern zu, wie sie die Wasserleiche abtransportieren. Bei angespülten Leichen gibt es keine Spurensicherung, da der Strand nicht der Tatort war. Und die Todesursache war eindeutig der Kopfschuss. Auf Katsakis könnte er diesmal verzichten. Zudem er nicht wollte, dass die Leiche auf dem Weg nach Athen verschwand – so wie der erste Ferrari. Natürlich gab es keine Papiere.
Nichts, was auf die Identität des Opfers hinwies.
Von den Gesichtszügen her könnte er Albaner, Roma oder Bulgare sein. Aber davon gab es auf der Insel Tausende. Unterbezahlte Arbeitskräfte, die ohne Murren 16 Stunden pro Tag arbeiten.
Als die Leiche abtransportiert wurde, fiel ihm dennoch ein Detail auf: der Mann trug einen Overall. Nicht gerade die typische Küchenkleidung.

23

Bürgermeister Sokrates saß in seinem Büro
und war zu Eis erstarrt.
Markaris, Staatssekretär Markaris würde nach
Mykonos kommen.
Das verhieß nichts Gutes.

Chalathes saß in seiner Villa „Hermano" und
war wie gelähmt.
Markaris, Staatssekretär Markaris würde nach
Mykonos kommen.
Das verhieß nichts Gutes.

Pandis hingegen tobte.
Markaris, der Mann, der ihn versetzte und
sein früheres Leben zerstörte, würde nach
Mykonos kommen.
Und er, Pandis, würde ihm noch einige Takte
erzählen.

Die „Flying cat" war ein Katamaran, der
quasi über das Wasser flog. Über 40 Meter
lang und über 40 Knoten schnell,
transportierte er über 300 Passagiere von
Piräus nach Mykonos.
Staatssekretär Markaris hatte die ganze erste
Reihe für sich. Die Schnellfähre war nur zur
Hälfte gefüllt, denn noch war Vorsaison. Im
Juli war die „Flying Cat" eine Art fliegender
Hühnerkäfig: Proppenvoll und sengend heiß.
Natürlich hätte der Staatssekretär auch
fliegen können, aber ihm waren die
Sitzreihen bei Ryanair zu eng. Ein bisschen
Komfort darf es auch für einen linken Politiker
sein. Früher wäre ein Staatssekretär mit einer
Privatmaschine geflogen. Er gäbe also ein
gutes Beispiel.
Er dachte an seine bevorstehenden
Gespräche mit Sokrates und Chalathes.
Er musste endlich Ruhe in die Angelegenheit
bringen. In vier Wochen würde es wieder
losgehen und dieses Jahr würden es ganz
andere Mengen werden.
Und natürlich würde auch die Gewinn-
spanne viel höher sein.
Er lächelte.
Es war sein letztes Lächeln.

Kommissar Paul Pandis stand am Eingang des alten Hafens. Während die großen Lastfähren am neuen Hafen festmachten, der einen Kilometer weiter nördlich lag, wählten die Schnellfähren den alten Hafen. Er war hinsichtlich der Hafengebühren billiger und lag noch dazu näher an der Stadt, was den Touristen natürlich gefiel. Schön oder gar komfortabel war er nicht. Ein Hafen aus den fünfziger Jahren, der direkt an der Küstenstraße lag, aber keine Fläche für Fahrzeuge hatte. Was bedeutete, dass die Küstenstraße nach Ankunft jeder Fähre blockiert war und im Hafen konnten die Fähren nicht schnell entladen werden. Der Stau reichte regelmäßig bis in die Schiffe hinein. Es kam zu stundenlangen Verspätungen. Erst in den 90ern war der Alptraum zu Ende.

So fuhr die „Flying Cat" auf den alten Hafen zu.

Pandis sollte den Staatssekretär zusammen mit Bürgermeister Sokrates begrüßen. Aber vorher hätte sich Pandis lieber die Hände abhacken lassen. Markaris hatte ihn versetzen lassen. Nach Mykonos.

Beförderungstechnisch eine Sackgasse.

Pandis konnte lediglich darauf hoffen, dass die Regierung in Athen wechseln würde. Andererseits war er zu wenig Speichellecker, um sich nach oben zu arbeiten. Sein loses Mundwerk stand ihm oft im Wege.

Aber er hatte sich mit Mykonos arrangiert. Langsam hatte er sich eingewöhnt, auch wenn ihm als Großstadt-Grieche die Enge der Insel zu schaffen machte. Er kam aus Piräus und hatte immer noch Probleme damit, dass man nach zwei Mal Gas geben am Ende angekommen war. Gut, das war etwas übertrieben, aber es waren eben nur 20 Kilometer Länge und Breite.

Aber seit es Angelos gab, war ihm sein Wohnort ziemlich egal. Wo er ist, bin auch ich.

So stand er an der Einfahrt, weit genug entfernt, um den Staatssekretär nicht begrüßen zu müssen. In dem Moment wusste er noch nicht, dass er Herrn Markaris nie mehr würde begrüßen müssen.

Zwei Sekunden später wusste er es.

Es gab einen ohrenbetäubenden Knall.
Vorne links schoss eine Stichflamme aus der
Flying Cat.
Gelähmt verfolgte Pandis die nächsten
Bilder. Die Rauchwolke.
Die Schreie. Und die Tatsache, dass die
Fähre schon leicht Schlagseite bekam.
Der Seabus, das Shuttle zwischen Altstadt
und neuem Hafen, reagierte am schnellsten
und hielt auf die havarierte Fähre zu.
Pandis rief den Hafenmeister des Neuen
Hafens an, er solle schicken, was er könne.
Die Kliniken und praktischen Ärzte.
Die Marine, um Hubschrauber zu schicken.
Seine eigenen Kollegen, um den Verkehr ab
dem Kreisverkehr abwärts komplett zu
sperren.
Gott sei Dank geschah das Unglück wenige
Meter vor dem Pier. Viele Passagiere konn-
ten zum Ufer schwimmen.

Was Pandis auffiel, war die Gelassenheit des Bürgermeisters, der ansonsten bei einem umgefallenen Gartenstuhl die Zukunft Mykonos´ in Gefahr sieht.

Er schien sogar mit Freude bei der Sache zu sein. Helfen tat er. Dirigierte Bahren zu Krankenwagen, sprach mit den gestran-deten Passagieren.

Natürlich ließ sich ein solches Ereignis nicht geheimhalten. Es lebe das Fotohandy und you tube und Facebook. Wahrscheinlich wusste der Kapitän noch nicht, was passiert war, als der erste Clip schon lief.

Sokrates kam aus ihn zu.

„Pandis, ERT* will ein Interview. Das sollten Sie machen!"

ICH???

„Sie sind doch der Bürgermeister!"

„Und Sie sind die Polizei, oder?"

„Das übernimmt ohnehin Athen, also der Staatsschutz!"

„Sehen Sie von denen jemand?"

„Nein, aber..."

Da kamen ERT, das Staatsfernsehen, und andere schon auf ihn zu.

Geier, Gesindel.

„Meine sehr verehrten Damen und Herren, wir können Ihnen im Moment nur wenig belastbare Fakten liefern: um 14.28 Uhr gab es an Bord der Katamaran-Fähre Flying Cat eine Explosion unbekannter Art. Nach derzeitigem Stand gibt es einen Toten und 12 Leichtverletzte, die in Behandlung sind. Die Fähre wird in Kürze in den neuen Hafen gezogen, um mit der Untersuchung zu beginnen. Durch die Nähe zum alten Hafen gehen wir davon aus, dass es nicht geplant war, viele Menschen zu töten, was auf hoher See sicher der Fall gewesen wäre. Es kann daher – und ich betone dies – ein Unfall nicht ausgeschlossen werden."

„Aber das war doch eine Bombe!", rief einer der Reporter.

„Und wie unterscheidet sich der Knall einer Bombe von einer explodierenden Gasflasche? Gar nicht. Also warten Sie doch bitte die Untersuchung ab, bevor Sie melden, der IS wäre in Mykonos einmarschiert."

„Stimmt es, dass der Tote Staatssekretär Markaris ist?"

Was kein Fehler war, dachte Pandis. Ja, er war rachsüchtig.

„Es sieht so aus, ja."

„Könnte er das Ziel gewesen sein?"

„Ein Staatssekretär? Davon gibt es glaube ich mindestens 30 in Athen. Nochmal so viele Minister. Da hätte es lohnendere Ziele gegeben."

Sokrates bekam einen Hustenanfall.

„Natürlich sind unsere Gedanken bei der Familie."

Heuchler.

„Näheres erfahren Sie dann, sobald die Untersuchung Näheres ergeben hat."

„Und wer ermittelt?"

„Na, die Polizei Mykonos. Wer sonst?"

„Müssen sich nun Touristen fürchten, die Mykonos besuchen?"

„Unsinn. Die Gefahr, in der Altstadt von Kreuzfahrern totgetrampelt zu werden, ist größer als Opfer einer Explosion auf einer Fähre zu werden."

Sokrates hustete noch lauter.

„Und nun entschuldigen Sie bitte, ich habe zu tun."

„Und Ihr Name war?"

„Kommissar Paul Pandis, Leiter der Kriminalpolizei Mykonos."

Husten. Sie wissen schon.

„Katsakis."

„Pandis."

„Ah, unser Fernsehstar. Ich hoffe, Du hast Platz in Eurer Tiefkühltruhe. Und dass es wirklich nur eine Leiche ist."

„Sie ist allerdings etwas wässrig, sie war eingeklemmt, ist es noch, und muss herausgeschweißt werden. Vom Gesicht ist nicht viel übrig."

„Das war bei Markaris ohnehin nur schwer zu ertragen", meinte Katsakis.

Da widersprach Pandis nicht.

„Ich brauche am Wrack auch eine Sprengstoffuntersuchung."

„Schon klar, Pavlos."

„Macht bitte schnell, die Kamera-Meute braucht morgen Futter."

„Mit schnell wird das wohl nichts."

„Warum?"

Die Antwort bestand aus einem Wort.

„Ryanair."

Die Fähre wurde gerade ins viel zu kleine Dock gezogen. Die Feuerwehr würde brauchen, die Leiche zu bergen.

Also konnte er zu Aris fahren. Dessen Autoverleih lag gleich um die Ecke.

Nikos stand an der Kuppe und betrachtete
das Treiben im Hafen.

„Du bekommst einen Platzverweis wegen
Gaffens", meinte Pandis grinsend.

„Akzeptiert. Endlich mal was los hier. Ist ja
eigentlich nichts passiert."

„Na ja. Frag mal die Passagiere, die sehen
das wohl anders. Aber die meisten haben
sich bloß erschreckt."

„Unser Bürgermeister war sehr rührig", sagte
Aris.

„Ja, verdächtig rührig und gut gelaunt.
Dabei waren die beide doch dicke
Freunde."

„Das ändert sich in der Politik schnell, mein
Freund."

Da hatte Aris sicher recht. Aber in dem Fall
ging das sehr schnell.

Vielleicht sah er nur Gespenster.

In Stresssituationen reagieren Menschen
mitunter seltsam.

Warten wir doch einfach auf Katsakis und
die Spurensicherung.

Und auf Ryanair.

„Übrigens: wie war Madeira?", fragte Aris.

„Schön. Und alles harmonisch."

„Und wie war die Seilbahnfahrt?"

Pandis lief knallrot an.

„Du alter Idiot. Ich dachte immer, Angelos flunkert, wenn er Dich als Sexmonster bezeichnet."

„Woher weißt Du es?"

„Du meinst, woher weiß es die ganze Insel?"

Oh herrje.

„Natürlich hat die Polizei Funchal im Bürgermeisteramt angerufen, um zu überprüfen, ob Du wirklich Polizist bist. Und Maria hat dann die Geschichte im Streuverfahren verbreitet."

Oh Gott. Ich Idiot.

„Wessen Idee war das denn? Angelos´?"

„Nein, Aris, es war meine."

Hoffentlich steht es nicht auch noch auf you tube. Obwohl „Maria tube" die höhere Klickrate hatte. Zumindest auf Mykonos.

29

Bürgermeister Sokrates sah zufrieden aus.
„Ah, Pandis, gut, dass Sie kommen. Ich
wollte Ihnen sagen, dass Sie die Angelegenheit gestern ganz hervorragend gelöst
haben. Auch wenn das mit der Kripo etwas
übertrieben war. Sie haben offensichtlich
doch gewisse Fähigkeiten. Hoffentlich
kommt es nicht soweit, dass ich irgendwann
anfange Sie zu mögen."

Arschloch.

„Soweit wird es wohl nicht kommen."

„Wie auch immer. Wir müssen am Nach-
mittag eine Pressekonferenz über den
neuesten Stand geben."

Wir? Also ich.

„Ja, ich dachte, wir gehen ins „Da Vinci" mit
der Meute."

„In ein Café?"

„Wohin denn sonst? Soll ich in die Turnhalle
gehen? Die Hotels wollen bestimmt keine
Pressekonferenz zum Thema Explosion. Und
außerdem schätzen Journalisten sicher auch
eine gute Tasse Espresso. Wir sind ja auch
auf Wohlverhalten angewiesen."

Sokrates schaute verdutzt.

„Wieso Wohlverhalten?"

„Weil ich sie anlügen werde. Ich werde sagen, dass im Stauraum ein Feuer ausgebrochen ist und die kleinen Sauerstoffbehälter, die dort immer lagern, zur Explosion gebracht hat. Das war mal die Ursache bei einem Flugzeugabsturz gewesen. Habe ich im Fernsehen gesehen. So können wir vielleicht die Luft etwas rauslassen."

„Kompliment, Pandis. Sie sind doch … kompetent!"

Nicht so dumm wie Sie aussehen, wollte der Trottel eigentlich sagen.

„Was hat Katsakis denn gefunden?"

„Sprengstoff. Exakt dort platziert, wo Markaris saß."

„Ein Anschlag direkt auf Markaris?"

„Eindeutig ja."

Und in diesem Moment wurde Sokrates unnatürlich bleich.

„Noch eines, Pandis. Machen Sie in Zukunft einen Bogen um Seilbahnen! In Ihrem Alter! Also wirklich!"

Li Pang war außer sich.

„Sie sollten unter keinen Umständen hier anrufen. Niemals."

„Ich rufe aus einer Telefonzelle an", sagte die Stimme.

„Sehr intelligent. Nur besteht ein Gespräch aus zwei Teilnehmern und so müssen BEIDE Telefone sauber sein."

„Warum sollte jemand Sie abhören?"

„Weil ich Chinese bin und damit per se verdächtig. Für Russen, Amerikaner… Was glauben Sie, wer alles Amok läuft, weil wir den Hafen übernommen haben."

„Verstanden. Ich wollte nur sagen, dass die Katze eingeschläfert werden muss."

Li Pang fragte sich, ob er es denn nur mit Idioten zu tun hatte.

Schließlich hatte er so etwas wie einen Fernseher.

„Rufen Sie nie wieder hier an. Halten Sie sich an den vereinbarten Kontaktweg."

Oder das war Dein letztes Telefonat.

Pandis saß mit Angelos am Küchentisch.
„Also: Markaris wurde gezielt ermordet.
Warum? Was wollte er überhaupt hier? Und
warum scheint Sokrates fast erleichtert über
Markaris´ Tod?"
„Irgendeine Sauerei ist da auf alle Fälle
gelaufen. Die Frage ist, ob es normale
Korruption war oder etwas Größeres. Und ein
Mord per Bombe lässt wohl auf Letzteres
schließen. Aber was es sein könnte – keine
Ahnung", meinte Angelos.

„Die einzig seltsamen Vorgänge in den
letzten Monaten waren die beiden Ferrari-
Unfälle. Und woher Sokrates Junior den
Ferrari hatte, wissen wir bis heute nicht. Und
vielleicht war der Unfall doch ein Mord?"
Pandis blickte auf den Hafen hinunter.
„Ich glaube, ich sollte Sokrates eine kleine
Falle stellen. Vielleicht hilft mir Nikos."
Angelos´ Vorgesetzter beim Geheimdienst.

„Paul, Du hast nicht alle Tassen im Schrank", meinte Nikos.

„Theoretisch dürfen wir im Inland überhaupt nicht tätig werden. Zudem bräuchten wir einen Richter. Und außerdem Personal. Und eventuell – nur eventuell – wären ein paar Beweise oder zumindest Verdachtsmomente nicht schlecht. Es geht immerhin um einen Bürgermeister und Parteipolitik."

Pandis holte Luft.

„Darf ich Dich daran erinnern, dass ich den iranischen Geheimdienstchef aus dem Land gejagt habe?"

Gut, das war etwas übertrieben, im Grunde aber stimmte das.

„Ja, da sind wir Dir schon was schuldig. Obwohl nein: Du hast dafür Angelos bekommen.

Sag mal, ist der Bürgermeister immer noch der Trottel, der damals diese unsägliche Rede gehalten hat?", fragte Nikos.

„Nein, aber besser wurde es trotzdem nicht.

„Vorschlag zur Güte, Paul. Ich schicke Dir das Equipment. Agenten brauchst Du ja nicht, den hast Du Dir schon gekrallt. Alles Weitere macht Ihr aber selbst."

„Ich habe mir niemand gekrallt. Das war …"

„So? Bisher habe ich Dir immer geglaubt, wenn Du gesagt hast, er hätte Dich verführt. Aber seit der Seilbahngeschichte ..."

„Oh nein, lief es schon auf CNN?", fragte Paul kleinlaut.

„Nein, noch nicht. Aber ich habe es gesehen. Mein Mitarbeiter gab offensichtlich alles, sozusagen voll im Einsatz und der ältere Herr ..."

„BITTE AUFHÖREN!"

Nikos lachte.

„Und jetzt gib mir diesen Künstler, der nicht versteht, dass ein Geheimdienstler sich möglichst unauffällig verhalten sollte!"

Paul reichte den Hörer weiter an Angelos. Er hörte dreimal ja und war froh, dass Angelos dem Anschiss offensichtlich nicht widersprach.

Von wegen.

„Warum? Du weißt, dass uns Paul schon oft geholfen hat. Ich fand, er hatte sich einen Bonus verdient." Und lachte.

Dann kam die Krönung.

„Sag mal Nikos, könnten wir eine Kopie der CD haben?" Dann musste er den Hörer vom Ohr nehmen.

Pandis musste zwar lachen, sagte aber:

„Angelos, übertreibe es nicht mit Deiner Keckheit. Nicht jeder hat so viel Humor wie wir."

„Aber was soll mir passieren? Jedem, der mir blöd kommt, schießt Du doch eine Kugel ins Auge!"

„Ich weiß aber nicht, ob ich nochmal so gut treffe!"

33

Kommissar Paul Pandis stand am Zaun des Grundstücks von Aris.

„Von hier aus hat man einen hervorragenden Blick auf den neuen Hafen Das habe ich bisher gar nicht registriert."

 Aris´ Autoverleih lag in Tourlos auf einer Anhöhe.

„Ja, aber was ist an ankommenden und abfahrenden Fähren so interessant?"

„Es kommt auf die Ladung an!"

Pandis schaute über das Grundstück. Viele Autos standen hier nicht.

„Das Geschäft läuft schon in der Vorsaison so gut?", fragte Pandis.

Aris nickte mit einem Lächeln.

„Ja und wie. Das wird ein super Jahr!"

„Wenn ich mich hier so umsehe, könnte hier theoretisch ein Hubschrauber landen."

Aris sah Pandis fragend an.

„Aber nur in der Theorie. Hast Du eine Ahnung, was ein Heli an Staub aufwirbelt? Da kann ich hinterher alle Autos waschen lassen."

„Das ist mir schon klar. Es war auch nur so ein Gedanke.

„Hast Du das Abhörzeugs schon bekommen?"

Pandis nickte.

„Einbauen tun wir den Krempel heute Nacht."

„Wer ist wir?"

Pandis grinste.

„Na, ich und Du. Angelos muss ich auf Befehl vorläufig raushalten."

„Aber wir können uns doch keine ganze
Woche hinsetzen und Sokrates´ Gesprächen
lauschen. Da werde zumindest ich wahnsinnig", meinte Angelos.

„Versteh´ doch, dass ich niemand aus
meinem Büro nehmen kann. Wenn sich
irgendeiner verplappert, dann kann ich auf
Delos Scherben abstauben."
Nein, dann kann ich mir einen neuen Beruf
suchen.
„Das verstehe ich schon, aber wie lange
willst Du das durchziehen?"
„Einen Tag", meinte Pandis.
„Nur am Freitag!"
„Aber woher weißt Du, dass er am Freitag
ein verdächtiges Telefonat macht?"
„Ich weiß es nicht sicher, aber ich ahne es.
Ich werde am Freitagmorgen eine Bombe
zünden."
„Eine Bombe?"
Angelos schaute Pandis entsetzt an.
Der lachte.
„Keine Sorge. Ich meine keine richtige
Bombe, sondern eine Informationsbombe.
Eine glatte Lüge, die hoffentlich eine
Reaktion nach sich zieht.

„Sei still!"

Aris machte eindeutig zu viel Krach. Eine Karriere als Einbrecher war ausgeschlossen. Pandis öffnete die Rathaustüre und im Schein einer Taschenlampe gingen sie leise nach oben.

Pandis holte die Wanze und ging ins Zimmer des Bürgermeisters. Es war unverschlossen. Er kroch unter den Schreibtisch – Anfang Fünfzig eine halsbrecherische Übung.

Und sehen konnte er auch nicht viel.

„Himmel, ich brauche mehr Licht."

Kurz darauf blendete ihn gleißendes Licht. Aris hatte alle Deckenleuchten einge-schaltet.

„BIST DU WAHNSINNIG??"

„Du sagtest, Du brauchst mehr Licht!"

„Das war nur ein Wunsch, Grundgütiger". Er machte die Wanze fest, schloss die Tür und ging hinüber in sein Büro.

Plötzlich öffnete sich die Tür unten.

Sokrates. Pandis erstarrte.

„Pandis? Was machen Sie denn hier? Und Aris? Sie? Was ist hier los?"

Ich habe 5 Sekunden, um mir etwas einfallen zu lassen.

„Aris wurden zwei Autos gestohlen und ich wollte die Nummern schnell in die EDV eingeben, bevor die Fähre in Santorini anlegt. Und angerufen habe ich dort auch. Das Handy war leer."

„Aris, das tut mir leid, aber Pandis wird das schon schaffen. So, jetzt muss ich weiter, sonst fängt meine Frau an zu toben. Ich bin nur rein, weil ich Licht gesehen habe."
Und ging hinaus.
„ICH BRINGE DICH UM, DU MEISTERDIEB."
Aris lächelte.
„Ich weiß nicht, was Du willst, es hat doch alles hervorragend geklappt."
Gut, dieser Meinung war Pandis nicht. Aber es war alles an Ort und Stelle.
Nur das war wichtig.

Macht einfach das Licht an! Unfassbar! Aber an solchen Dingen scheitern die bestge-planten Verbrechen.
Gott sei Dank.
Sonst hätte man als Kommissar schlechte Karten.

36

„Also, Angelos: Du setzt Dich morgen zwischen 10 und 13 Uhr ins „Da Vinci". Das liegt noch im Empfangsbereich. Du nimmst eine Zeitung mit und einen Stift. Jemand mit Zeitung fällt weniger auf, wenn er Stunden im Café sitzt. Hörst Du etwas Interessantes, dann schreib es auf den Rand oder in eine Anzeige. Da ist oft Platz für Notizen.
Ich übernehme die zweite Schicht von 13 bis 16 Uhr. Länger ist er eh nicht im Büro."
Ich normalerweise auch nicht, dachte Pandis.

„Jassas, Herr Bürgermeister."
„Jassas, Pandis."
Sokrates machte ein finsteres Gesicht.
Wahrscheinlich hatte ihm seine Frau gestern Abend die Hölle heiß gemacht, weil er zehn Minuten zu spät war – er musste ja im Rathaus nachsehen, warum dort Licht brennt.
Neugier bringt immer Ärger.
Und Frau Sokrates war eine äußerst unangenehme Person.
Dagegen war meine Frau fast ein Engel, dachte Pandis. Und die war schon

unerträglich. Hinzukam, dass Frau Bürgermeister unfassbar hässlich und fett war. Auf den Plakaten zur Wahl zeigen sich Politiker gerne mit ihrer Familie. Im Falle von Sokrates musste das Plakat von Hoch- auf Querformat umgestellt werden. Auf Mykonos kursiert der Witz, dass, wenn man der Frau ein Korsett anläge, würden die Fleischlappen so weit nach oben geklappt, dass die Ohren bedeckt wären.

Was Pandis nun machen würde, sähen Andere wohl als pietätlos an. Andererseits: wenn der Tod des Sohnes doch ein Mord war, wäre die Aufklärung eine lobenswerte Tat. Und wenn man dabei den Bürgermeister loswird: begrüßenswerter Kollateralschaden.

„Ich habe eine Nachricht, von der ich nicht weiß, ob sie gut oder schlecht ist."
„Wenn sie von Ihnen kommt, kann sie nicht gut sein."
Depp. Jetzt erst recht.
„Sie wissen, dass der Ferrari, in dem Ihr Sohn ums Leben kam, nach dem Abtransport in Athen verschwunden ist."
„Pandis, ich und meine Frau haben Monate gebraucht, um darüber hinwegzukommen. Was soll das jetzt?"

„Es hat sich herausgestellt, dass die Spusi das Wrack doch teilweise untersuchte, bevor es auf seltsame Weise verschwand."

Sokrates sah ihn entsetzt an.

„Jedenfalls ist nach Monaten ein Teil des Berichts aufgetaucht und mir geschickt worden."

Der Bürgermeister starrte ihn noch immer an und sagte kein Wort.

„Nun, laut dem Bericht besteht der Verdacht, dass die Bremsen manipuliert wurden. Eine genaue Materialprüfung konnte aber nicht mehr vorgenommen werden, da die Teile bekanntlich verschwanden."

„Was sagen Sie da? Mord? Das ist doch absurd."

„Ist es nicht. Und dann bleibt immer noch die Frage, wem der Wagen gehörte."

„Pandis. Auch wenn mein Sohn das Auto gestohlen hat, er hat den höchsten Preis dafür bezahlt. Lassen Sie ihn in Frieden ruhen. Was glauben Sie, wie meine Frau reagiert?"

„Die Wahrheit und auch die Suche danach ist oft schmerzlich. Aber die Polizei kann und darf keine Hinweise auf einen Mord ignorieren. Die Ermittlungen müssen daher wieder aufgenommen werden."

„DAS VERBIETE ICH IHNEN."

„Das dürfen Sie nicht und auch Athen darf
es nicht. Außer man möchte, dass ich an die
Presse gehe. Und nun entschuldigen Sie
mich: ich habe einen potentiellen Mord
aufzuklären."

Pandis ging grußlos aus dem Büro des
Bürgermeisters.

Und nun wollen wir mal sehen, was Sokrates
macht. Oder besser: wen er anruft.

Für die Lügen würde er bei passender
Gelegenheit ein paar Kerzen anzünden.

37

Katsakis. Der Chef der Pathologie und Spurensicherung schien immer dann Spontan-Depressionen zu bekommen, wenn er die Worte Pandis und Mykonos hörte. Pandis konnte sich gar nicht erklären, warum.

„Pandis, Mykonos."

Stille.

„Oh nein. Bitte nicht. Ich will nicht schon wieder auf diese Insel der Irren."

„Das ist aber nicht nett."

Nun, vor einem Jahr noch hätte Pandis wahrscheinlich das Gleiche gesagt.

„Von Deiner Insel kommt auch nichts Nettes. Zumindest für mich. Der Tourist ahnt ja nicht, welche Qualen..."

„Stopp, Katsakis, ich habe KEINE Leiche, entspann Dich."

„Das heißt bei Dir gar nichts. Da kommt immer noch etwas."

Pandis zögerte.

„Ich brauche einen Hubschrauber."

Stille. Gefolgt von Toben.

„Sag mal, liest Du Zeitung? Ich habe kaum Benzin für unsere Autos. Da soll ich Dir einen Hubschrauber schicken? Der Staatssekretär hängt mich am höchsten Baum auf!"

„Äh, Katsakis, der Staatssekretär ist tot."

Kurze Pause.

„Aber es kommt ein anderer nach! Mit Schrecken denke ich an den Ärger im Fall Chatami."

Stimmt. Da brauchte Pandis auch einen Hubschrauber.

„Und zu welchem Zweck bräuchtest Du den?"

„Das kann ich Dir noch nicht sagen."

Katsakis tat etwas, was er prinzipiell nie tat: er lachte.

„Pandis: Du spinnst!"

„Gegenfrage: wenn ich es bezahlen würde?"

„Gegenfrage: wieso mietest Du nicht einen vor Ort?"

Pandis wurde nun ärgerlich.

„Da kann ich gleich eine Rund-SMS schicken, dass am kommenden Montag die Polizei eine Luftüberwachung durchführt. Was glaubst Du, was das bei allen auslöst, die einen Schwarzbau errichtet haben? Das würde einen Volksaufstand geben! Ich brauche einen Hubschrauber von auswärts!"

Katsakis kapitulierte.

„5.000 Euro. Aber ich habe keinen Piloten. Irgendein Virus. Muss halt Dein Gatte fliegen!"

„Machst Du Witze? Angelos ist doch kein Pilot!"

„Also meines Wissens kam er von den Heeresfliegern. Dann muss er doch irgendwas mit Hubschraubern zu tun gehabt zu haben. Und er muss den Hubschrauber hier abholen."

„Abgemacht. Montag. Zehn Uhr."

Gott sei Dank war die schwarze Kasse der Polizei seit dem „Neger-Einsatz" gut gefüllt. Und nun musste er zu Angelos ins „Da Vinci".

38

Angelos hätte schon um 11.00 Uhr gehen können, denn keine zehn Minuten nach Pandis´ Gespräch mit Sokrates griff dieser zum Telefon und führte ein ungewöhnliches Telefonat.

Gegen 13.00 Uhr fuhr Familie Pandis zu Pauls Wohnung in Kalafati. Es erschien Pandis angebracht, Aris und seinen Autoverleih etwas aus dem Fokus zu nehmen.

Der Hubschrauber würde ohnehin viel Staub aufwirbeln, im wahrsten Sinne des Wortes.

Erst Espresso.

„Sag mal, kannst Du einen Hubschrauber fliegen?", fragte Paul.

„Willst Du mich beleidigen? Ich bin Heeres-flieger. Klar."

„Gut, dann musst Du Montag einen Hub-schrauber bei Katsakis abholen. Und dann einen kleinen Rundflug mit mir machen."

Dann widmeten die beiden sich dem Gespräch, das Angelos schon kannte, aber Pandis noch nicht.

Der Kommissar wischte über das „Play"-Feld – Drücken auf eine Taste war vollkommen out.

Klar und deutlich hörte man den Bürgermeister:

„Hier Sokrates. Mir ist völlig egal, ob das jetzt
den Regeln entspricht oder nicht. Dieses
Arschloch Pandis war gerade bei mir und
hat behauptet, es gäbe Beweise, dass mein
Sohn ermordet wurde. Ich möchte wissen,
ob das wahr ist. Wenn ja, von wem. Oder ob
das einer von Pandis´ berühmten Tricks ist."
„Von wo aus rufen Sie an?"
„Von meinem Büro."
Man hörte Schnauben.
„Sie Vollidiot. Welchen Grund sollten wir
haben, Ihren Sohn zu ermorden? Hat er
irgendwelche Beweise vorgelegt? Sicher
nicht. Denn es gibt sie nicht. Ich hoffe nur
nicht, dass die Polizei Mykonos über Wanzen
oder ähnliches verfügt."
„Machen Sie sich nicht lächerlich. Wir haben
nicht mal genug Geld für Benzin."
„Ich hoffe es für Sie. Aber Sie vergessen
Pandis´ Stricher! Rufen Sie nie wieder hier an
– wenn Ihnen Ihr Leben lieb ist."
Ende.

Paul schaute Angelos vorsichtig von der
Seite an und sagte: „Für den Stricher bezahlt
er. Es tut mir leid."

„Ich gewöhne mich langsam dran. Aber damit ist klar: Sokrates ist an irgendeiner Sauerei beteiligt. Und es ist sicher keine Kleinigkeit, sonst würde man ihm nicht so drohen."

„Und die Nummer?"

„Es leben die neuen Zeiten. Die Nummer ins Suchfeld bei Google eingeben und schon hat man…" - Drei Sekunden später -

„…eine chinesische Exportfirma in Piräus."

Bingo!

Es ging voran.

Wie immer wusste Pandis nicht, in welche Richtung, aber der erste Wegweiser stand schon am Rand.

In Piräus hingegen stand ein Mann am Fenster und verfluchte den Moment, in dem er Politiker in seinen Kreis aufnahm. Er hätte es wissen müssen. Andererseits: man braucht sie beim Aufbau eines Netzwerkes. Läuft der Betrieb, so kann man sich ihrer entledigen. Wie den Herrn Staatssekretär. Und der Bürgermeister wäre der Nächste.

Ach ja.

Dann war da noch dieser aufdringliche Bulle. Auch da bedarf es einer angemessenen Lösung.

39

„Jassas, Kollege. Hier Kommissar Retsos, Korfu. Sie haben eine Rundmail geschickt und nach Diebstählen oder Unfällen mit Ferraris gefragt. Ich hätte da was für Sie, wenn Sie mir im Gegenzug Ihre Informationen geben würden."

„Herr Kollege, jederzeit, sobald ich die Freigabe vom Geheimdienst habe", meinte Pandis.

Erstmal dick auftragen.

„Vom FYP? Und ich dachte, es geht um ein paar Diebstähle ..."

„Zunächst ja. Aber erzählen Sie mir doch zuerst, was bei Ihnen passiert ist."

„Gut. Wir hatten letzten Freitag einen Unfall mit einem gestohlenen Ferrari."

Und wieder Bingo. Hoffentlich war der Fahrer noch am Leben.

„Der Fahrer ist tot."

Mist.

„Die gute Nachricht: der Beifahrer überlebte und war sehr gesprächig. Der Beifahrer gab zu, dass der Ferrari in Triest gestohlen wurde. Die beiden bekamen den Auftrag, den Wagen über den Balkan nach Piräus zu schaffen. Ihr Boss gab ihnen eine Adresse, die sie auswendig lernen mussten.

Sie durften nichts aufschreiben. Natürlich hielten sie sich nicht daran und haben die Adresse auf einen Zettel geschrieben, damit sie sie nicht vergessen. Die Hellsten waren oder sind die beiden nicht. Jedenfalls haben wir den Zettel in dem Wrack gefunden."

Und noch ein Wegweiser.

„Sie sollten den Wagen zu folgender Adresse fahren…"

Es war die Adresse einer chinesischen Export-firma in Piräus.

Dieselbe, die Sokrates angerufen hatte.

„Kollege Retsos, ich bin Ihnen sehr dankbar. Lassen Sie uns weitermachen, wir sind schon nahe dran. Und der FYP ist auch dabei."

Was eine Lüge war. Aber Pandis wollte nicht, dass jemand dazwischen grätschte.

„Ich denke, ich kann Ihnen in einer Woche alles dazu sagen.

Und Herr Kollege: wenn es Sie einmal nach Mykonos verschlägt, lade ich Sie zum Essen ein!"

Retsos lachte.

„Warum sollte ich eine schöne Insel verlassen, um auf einer hässlichen zu landen?"

40

„Giorgos! Zu mir. Sonderauftrag"!
Giorgos ging in Pandis´ Büro und ihm
schwante Böses.
„Koffer packen! Du fliegst nach Athen und
schaust Dich bei dieser chinesischen
Exportfirma um. Wichtig sind die Fähren am
Montag. Es gibt zwei nach Mykonos.
Ausschau halten, ob ein Ferrari verladen
wird. Ist bei der ersten bereits ein Ferrari
dabei, fährst Du gleich mit. Ansonsten musst
Du auf die zweite warten."

„Chef, das verstehe ich jetzt nicht", sagte
ein verdatterter Giorgos.
„Das glaube ich sofort, denn sonst wärst Du
ja Kommissar. Mach einfach, was ich Dir
sage. Fähren beobachten. Wird Ferrari
verladen, Fähre besteigen, mir Bescheid
geben und nach Mykonos fahren! Ist doch
nicht schwer."
„Soll ich den Fahrer auf der Fähre
beschatten?"
„Nein, habe ich das gesagt?"
„Und wenn bei beiden Fähren kein Ferrari
verladen wird?"
Pandis lächelte.

„Giorgos, glaube mir, das wird nicht passieren."
Jedenfalls sollte es das nicht, denn den Hubschrauber hatte er schon bestellt.
Und der war nicht billig.

41

„Chef? Die Adresse…"

„…gehört zu einer chinesischen Exportfirma.
Giorgos, das weiß ich schon."

„…aber die Firma sitzt direkt in der
Hauptverwaltung des Hafens. Selbes
Stockwerk wie der Geschäftsführer. Ich bin
hochgefahren und habe so getan, als wäre
ich ein verwirrter Kapitän."

Pandis musste lachen. Die Rolle war Giorgos
auf den Leib geschnitten.

„Und um sechs ist ein weißer Ferrari verladen
worden."

„Gut gemacht. An Bord gehen.
Sonst nichts machen."

Beinahe hätte es Pandis vergessen.

„Und Giorgos: Danke!"

Giorgos fiel fast der Hörer aus der Hand. Das
Wort ,Danke' hatte er von seinem Vorgesetzten noch nie gehört.

Vielleicht hatte er gestern einen Ouzo zu viel,
dachte Giorgos oder sein Ehemann hat
doch einen guten Einfluss. Wie auch immer,
er ging an Bord der Fähre nach Mykonos.

6.45 Uhr
Was macht man denn um diese Zeit? Es war
weit vor seiner üblichen Aufstehzeit und sein

Körper rebellierte heftigst. Guten Morgen, Herr Hausbrandt. Bitte Espresso. Nach dem ersten erinnerte er sich wieder an seinen Namen. Nach dem zweiten realisierte er, dass er sich wohl in seiner Wohnung in Kalafati befand. Und nach dem dritten fiel ihm ein, dass er in ein paar Stunden Hubschrauber fliegen musste. Na ja, natürlich nicht selber fliegen, aber dennoch. Angelos war mit der frühen Ryanair-Maschine geflogen. Da die über Nacht in Mykonos stand, war eine Verspätung fast nicht möglich. Obwohl …

Pandis war vollkommen außer Atem. Eine
gute Stunde hatte es gedauert, alle Autos in
Aris´ Hof abzudecken. Dann raste er in
Richtung Flughafen. Dort wartete bereits der
Hubschrauber. Er war froh, dass es Angelos
war und nicht Loukas, sein letzter Pilot.
Das letzte Mal hatte der eine Leiche an der
Winde, es aber beim Start vergessen. So
schleifte er Großvater Leonidas 500 Meter
über das Rollfeld. Die Familie war äußerst
pikiert über das abgehobelte Gesicht des
Großvaters.
Angelos stieg aus der Kanzel und Pandis
verspürte verstärkten Speichelfluss. Himmel,
in Uniform sieht er ja noch besser aus. Das
gehört ja verboten.
„Angelos, die Fähre kommt um 11.00 Uhr,
leichte Verspätung wegen des Windes. Bis
der rote Ferrari ausfährt, wird es zehn
Minuten dauern. Aber dann dürfen wir ihn
nicht verlieren. Unter keinen Umständen,
sonst müssen wir auf den nächsten Ferrari
warten. Und für noch einen Hubschrauber
habe ich kein Geld mehr."
„Paul, entspann Dich bitte. Wie soll das erst
werden, wenn wir durch die Schluchten
rasen?"

Und schon wurde Pandis richtig übel.

„Den Hubschrauber hast Du schon bezahlt.
Aber was ist mit dem Piloten?"

Paul legte seine Hand auf Angelos´
Oberschenkel.

„Fummelverbot während des gesamten
Fluges. Oder möchtest Du zerschellen?
Außerdem ist mir sehr wohl aufgefallen, dass
Du wegen der Uniform …"

„Verleumdung, übelste Verleumdung!",
Pandis grinste.

„Wie ich immer sage: ein Monster!"

Um 10.50 Uhr setzten Sie in Aris´ Hof auf.
Abgesehen von den 300 Kg Staub, schien es
auch so, als ob Aris´ schwarz gebautes
Bürohäuschen ein paar Zentimeter über den
Boden gehoben wurde.

Pandis stieg schwankend und hustend aus.

„Ich hasse meinen Job!"

Aris kulchte ebenfalls.

„Und wann kommst Du morgen zum
Putzen?"

Auch Angelos beschloss, noch einen
schnellen Espresso in Aris´ eingestaubtem
Büro zu sich zu nehmen.

„Aris, würdest Du bitte dem älteren Herrn hier
sagen, dass nichts gegen Sex in einer
Seilbahn spricht, aber der Pilot in einem

Hubschrauber ist tabu. Ich glaube, unser Kommissar hat einen Uniform-Fetisch!"
Er ging zu Paul und rieb leicht mit dem Hintern an Pauls Gemächt.
„Schau hin. Mein Mann ist gemeingefährlich Und gehört eingesperrt", sagte Angelos lachend.
„Sadist!", sagte Pandis und ging zum Zaun, um durch den sich legenden Staubnebel einen Blick auf die einfahrende Fähre zu erhaschen.
Die Leinen waren noch nicht festgemacht. Heißt: bei mittlerer Lagerung noch etwa 8 Minuten.
„Angelos, 5 Minuten."

Pandis saß angespannt in der Kanzel und wartete.
„Angelos, denk dran, das Ding fährt 300. Nicht entwischen lassen."
„Paul, schau mal auf den Verkehr. Der fährt keine 30!"
Stimmt, stellte Pandis fest.
Im Moment steht alles.

43

Dann kam der weiße Ferrari und kroch röhrend aus dem Hafen. Trotz des infernalischen Lärms des Hubschraubers war der Ferrari-Sound unverkennbar.

„Na hoppla!"

Plötzlich scherte der Ferrari aus fuhr auf der Gegenspur und das keinesfalls langsam. An der Kreuzung mit der Umgehungsstraße fuhr er links an der Verkehrsinsel vorbei und raste bergauf.

Schneller als ein Hubschrauber war aber kein Ferrari. Mit Autoverfolgung hätten sie ihn schon längst verloren.

Da bog der Ferrari mit qualmenden Reifen links von der Hauptstraße ab.

Pandis war überrascht. Das war nicht der direkte Weg nach Kalo Livadi. Hier ging es nach Panormos über Straßen, die nur eine Fahrspur hatten. Eng, kurvig und gefährlich.

Aber das schien genau der Grund zu sein. Wie auf einer Rennstrecke raste der Ferrari durch die unzähligen Senken und Kurven. Ein paar Fahrzeuge kamen entgegen und konnten sich nur durch ein beherztes Ausweichen auf das Bankett retten.

Er bog rechts ab Richtung Ano Mera. Jetzt war es wieder der richtige Weg.

An der Einmündung in die Hauptstraße hielt er nicht an, sondern bog mit Getöse links ab. Ein LKW konnte nur mit Mühe rechtzeitig bremsen.

Mit gut 150 ging es über die Bodenwellen Richtung Ano Mera.

Und durch Ano Mera hindurch. Ohne Abbremsen.

„Bleib direkt über ihm, jetzt wird´s spannend", schrie Pandis ins Mikrofon.

Der Ferrari bog ab und fuhr in das Villen-viertel von Kalo Livadi.

Eine Straße, die einfach zu enden schien. Blockiert durch Felsen.

Der Hubschrauber stieg und dann konnte Pandis den Wagen wieder sehen. Die Straße schien nur durch Felsen blockiert.

Stattdessen verschwand sie direkt hinter den Felsen in einer Senke und endete vor einer Mauer.

Einer Mauer, die sich absenkte.

Nach nur drei Sekunden war das Schauspiel vorbei. Der Ferrari war weg, die Straße leer und Menschen waren auch keine zu sehen.

„Genug gesehen, Angelos. Zurück zu Aris. Danke!"

Nun kennen wir den Stützpunkt. Ideal gewählt. Kalo Livadi. Kein normaler Tourist kam dort hin. Dort waren nur die Reichen. Und die hatten nur wenig Interesse an Nachbarn. Und einen Gast wollten alle garantiert nicht: die Polizei.

Und die Deckung war perfekt.

Nur aus der Luft war zu erkennen, dass der Weg weiterging. Von allen anderen Standpunkten aus konnte man nichts sehen. Nicht mal vom Berg, denn da stand die Villa im Blickfeld.

„Nun schauen wir mal, wem das Ganze gehört. Und wie die Bauunterlagen aussehen."

Pandis schoss noch ein paar Fotos.

Dann fiel ihm eines auf: ihm war zu keiner Zeit schlecht geworden.

Muss wohl am Piloten gelegen haben.

44

Aristidis Chalathes?

Seit 6 Stunden wartete Pandis auf die Antwort aus Athen. Die EDV funktionierte immer noch nicht wieder.

Aber die Baupläne des Anwesens in Kalo Livadi war doch sehr aufschlussreich.

Nun muss man wissen, dass Baupläne in Griechenland grundsätzlich keinerlei Übereinstimmung mit dem späteren Baukörper aufweisen.

Sie sind so etwas wie Anfangsskizzen. Es gibt auch keine Grundsteuer, als einziges Land in Europa. Was natürlich die Reichen noch mehr begünstigt. Und keine Grundsteuer bedeutet:

Man benötigt kein Grundbuchamt und kein Kataster.

Auch wenn wir es nicht wahrhaben wollen: wir sind Balkan.

Wir Griechen schieben immer alles auf die lange türkische Besatzung. Nur: die endete von 180 Jahren, wahrlich genügend Zeit, um eine ordentliche Verwaltung aufzubauen, dachte Pandis.

Da war die Polizei noch eine löbliche Ausnahme. Zwar war sie chronisch schlecht ausgestattet – wie auch ohne Geld – aber man hatte Organisation und Vorgehensweise von westlichen Vorbildern übernommen. Und: Pandis kannte viele Kollegen, die durch persönliches Engagement Defizite wegmachten. Das konnte er im Rest der Verwaltung oder gar in der Politik nicht erkennen.

Gut, die Zustände in Italien oder Spanien waren vielfach nicht besser. Es ist eben kein Vorurteil: im Süden Europas funktioniert vieles nicht, was im Norden problemlos geht.

Am gemäßigten Klima allein kann es nicht liegen. Dass bei permanent 40 Grad über Monate Arbeitsleistung und -wille nach-lassen, kennt er von sich selber. Aber die Vorstellung vieler Griechen, dass es in Deutschland oder Frankreich dauernd regnet bei 20 Grad, hat mit der Realität auch wenig zu tun. Glaubt man den Berichten, war der diesjährige Sommer dort sogar heißer als bei uns, dachte Pandis.

Da klingelte das Telefon. Weibliche Stimme.

„Polizeidirektion Athen, Interne Auskunft."

Interne Auskunft?

Wer zum Teufel denkt sich solche Namen aus?

„Kommissar Pandis, also dieser Chalathes hat bei uns keinen Eintrag."

Schade. Oder Mist.

„Aber: ich habe ihn bei Europol durchlaufen lassen."

Das meinte Pandis mit persönlichem Enga-gement.

„Es gibt eine Verurteilung zu zwei Jahren Haft wegen Autodiebstahl in Italien. In Triest. Brauchen Sie die Kontaktadresse in Triest?"
„Nein, danke. Die Auskunft reicht für meinen Verdacht. Ich danke Ihnen sehr herzlich. Gute Arbeit!"

Lob ist wichtig. Das bekommen Polizisten selten.
Deswegen musste man sich oft untereinander loben.

45

Interessant war der Vergleich der Pläne mit
seinen Fotos. Selbst auf den Plänen war
deutlich zu erkennen, dass Chalathes den
halben Berg gekauft hatte. Das muss Unsum-
men gekostet haben. Man hat auch andere
Anwesen aufgekauft und sie abreißen
lassen. So wurden Millionenbeträge vernichtet. Wer tut so etwas und warum?
Alles, was irgendeine Sicht auf das Grundstück erlaubt hätte, war abgerissen oder
abgesperrt worden.
Bemerkenswert. Und verdächtig.

Auch die ursprünglichen Pläne gaben –
wider Erwarten – einiges her. Zwei Untergeschosse großen Ausmaßes. Das bräuchte
doch höchstens ein großes Hotel mit vielen
Gästen.
Oder ein Superreicher, der Autos sammelt.
Oder Ferraris.

Aber leider war Pandis klar, dass Baupläne in
Griechenland selten der Realität entspra-
chen. Eine Baupolizei gab es praktisch nicht
und das Wort „Katasteramt" war bis zur
Finanzkrise ein Fremdwort. Und da
Immobilien nicht zur Besteuerung herange-

zogen wurden, konnte im Prinzip jeder tun und lassen, was er wollte.

46

Guangzhou

Huo Feng sah aus dem Fenster seines Hotelzimmers im Hyatt-Hotel, direkt neben dem Hafen.
Er sah wie die „Spiridou 4" in den Hafen einlief.
Ein koreanisches Schiff mit griechischem Namen, die Besatzung kam von den Philippinen und die Ladung bestand aus italienischen Sportwagen.
Das war gelebte Globalisierung.
In einer Stunde würde das Entladen beginnen.
Und in drei Stunden würden die Käufer hier im Hotel einlaufen.
In euphorischer Stimmung, denn einen Ferrari bekam man nicht so oft im Leben.

Und das zu einem fairen Preis und – noch wichtiger – ohne Wartezeit.

Die Papiere lagen bereit für die 35 Käufer. Sorgen hatte Huo Feng keine.

Sein Boss, Li Pang, hattte von Athen aus alles mit dem Zoll geregelt. Was hieß, dass er die richtigen Männer mit Gefälligkeiten bedacht hat.

Und Li Pang kannte Gott und die Welt – und die Partei – und deren gierige Funktionäre. Deren Bestechlichkeit war das Grundübel ihres Landes. Andererseits: ohne deren Gier könnten Huo Feng und Li Pang nicht derartig lukrative Geschäfte machen.

Das Handy brummte.

„Ja?"

„Mr. Feng? Wir fangen mit dem Entladen an. Wir stellen die Ware auf P 13."

„Ok, aber parkt sie nicht durcheinander, Nicht dass 35 Leute ewig ihr Auto suchen müssen!"

Für den Preis muss man auch ein wenig Service bieten.

Pandis fuhr zu Aris.

Im Hof standen schon zwei Kärcher und diverse Industrie-Staubsauger.

Und ein heftig schwitzender Aris.

„Ah, Du kommst zum Autowaschen. Sehr lobenswert. Trotz der Planen habe ich den Staub durch den blöden Hubschrauber in allen Ritzen. Selbst in der Computertastatur knirscht es."

„In der Tastatur knirscht es, weil der Computer die Zahlen nicht glaubt, die Du in die Buchhaltung eingibst."

Aris lachte.

„Was will Du? Ich hoffe nicht, dass ich für den nächsten Hubschrauber den Hof asphaltieren soll."

„Nein. Ich brauche den Platz am Zaun für einen Kombi. Von dort aus will ich die Fähren und den Hafen für ein paar Tage überwachen", meinte Pandis.

„Du setzt Dich drei Tage in den Kombi?"

„Mach Dich nicht lächerlich. Meine drei Mitarbeiter machen das. Ich werde fürs denken bezahlt. Und Du wirst dafür sorgen, dass die drei regelmäßig Espresso und etwas zu essen bekommen."

„Und als Gegenleistung?"
...werde ich übersehen, dass du 7 oder 8
Autos vermietet hast, aber bestimmt nur drei
davon im Computer sind."
Beide lachten.
Es war der Running-Gag ihrer Freundschaft.

48

Es war mehr als erstaunlich. Ferraris auf Mykonos machen zwar wenig Sinn. Dafür waren die Straßen zu schlecht. Aber es gab tatsächlich Irre, die sich extra das Auto höher legen ließen, um es mit nach Mykonos zu nehmen und dort vor dem Tropicana die große Welle zu machen.

Aber das erklärte nicht den regen Verkehr. In nur drei Tagen kamen 5 Ferrari per Fähre. Was besonders bemerkenswert war: Es fuhren auch vier Ferrari von außen in den Hafen.

Aber nicht auf die Fähre.

Giorgos hatte beobachtet, dass die Autos zu einem kleinen Lagerhaus am nördlichen Ende des Hafens fuhren.

Und das konnte beim besten Willen nicht ohne Wissen des Hafenmeisters geschehen.

Pandis seufzte.

Schon bei seinem ersten Mord war der Hafenmeister einer der Schuldigen. Und sein junger Nachfolger hatte offensichtlich schnell gelernt.

Soweit Pandis´ Theorie. Noch galt die Unschuldsvermutung.

Es gab allerdings ein Problem: er konnte den Lagerschuppen nicht durchsuchen, ohne dass es der Hafenmeister mitbekam.
Die ausfahrenden Ferrari brauchten sie nicht zu verfolgen. Sie wussten ja, wo die meisten hinfuhren.
Nach Kalo Livadi.
In die Geheimnis-Villa.

Aber er musste in den Schuppen im Hafen. Durchsuchungsbefehl ging nicht. Dann würde Sokrates davon erfahren, denn der Amtsrichter war... Sie wissen schon.
Das hieß: er musste einbrechen – wieder.
Und nach den Erfahrungen mit Aris musste er doch Angelos fragen, was ihm ohnehin lieber war. Schon rein fachlich gesehen.

Da im Hafen nur 5 Personen arbeiteten,
keiner von ihnen hier wohnte und es
morgens drei Uhr war, war das Risiko über-
schaubar.
Das Haupttor hatte kein Schloss, sondern ein
Touchpad wie beim Geldautomat. Nur war
hier etwas mehr drin als in einem Banko-
maten.
„Wo hast Du den Scrambler?", fragte
Angelos.
„Oops", meinte Pandis.
„Alterserscheinungen?", fragte Angelos
lächelnd.
Also übers Dach. Na bravo.

Tatsächlich war hinter der Feuerleiter eine
Luke im Dach offen. Standortvorteil für
Kriminelle in südlichen Ländern. Ist es zu heiß,
muss man in der Nacht Türen und Fenster
öffnen – und die Alarmsysteme werden oft
schlicht ausgeschaltet.

Pandis und Angelos stiegen ein und sahen
von oben auf die Halle herab.
„Wow. Das nenne ich mal einen Ausblick",
flüsterte Pandis, trotzdem zu laut.

„Himmel, sei still. Nicht, dass die ´ne Wache haben."

„Mach Dich nicht lächerlich, der hätte uns längst gehört, als wir die Treppe hoch sind."

„Auch wieder wahr."

Mit den Taschenlampen leuchteten sie den Raum aus.

Es waren insgesamt 8 Ferrari und 10 Container in der Halle.

Die Ferrari waren alle rot.

Die Ferraris auf den Fähren waren alle weiß.

Mykonos war die also die Insel der wundersamen Verwandlung.

Plötzlich ertönte ein Schuss.

Ohrenbetäubend in der Halle.

Angelos schoss zurück – blind in den Raum.

Er riss Paul die Taschenlampe aus der Hand und warf sie ins Eck. Seine eigene hatte er fallen lassen müssen, damit er an seine Pistole kam.

„Raus hier!"

Er hätte sich ohrfeigen können. Kein Mensch lässt über 3 Millionen Euro unbewacht in einem Lager herumstehen.

„Paul, zieh die Schuhe aus." Nichts macht so viel Lärm wie Schuhe, noch dazu auf einem Blechdach.

Wieder ein Schuss.

Der Schütze hatte sie definitiv nicht mehr im Blick.

Der Schuss ging nicht in Richtung Luke. Er hatte sie also erst auf der Galerie entdeckt. Hieß: sie könnten den gleichen Weg zurück probieren. Durch die Halle wäre Selbstmord. Fenster gab es keine.

Pandis setzte darauf, dass der Schütze einfach zur Bewachung abgestellt wurde, sich aber das Gebäude nicht genauer angesehen hatte.

Aber er würde telefonieren und Verstärkung holen.

Sie kletterten über die Luke nach außen. Sicherheitshalber ließen sie die Feuerleiter links liegen und entschlossen sich, vom Rand des Daches in die Böschung zu springen. Es war glücklicherweise nicht zu tief, denn der Lagerschuppen lag an einem steilen Hang.

Pandis fluchte.

Mit fünfzig vom Dach springen? Ich bin nicht Tom Cruise in Mission Impossible.

Ich bin ein unsportlicher älterer Herr, zum Kuckuck.

Allerdings scheint Beschuss körperliche Reserven freizusetzen, denn für dein Alter

sehr behände kletterte Pandis über Aris
Zaun.

50

Pandis vermutete, dass der nächtliche
Besuch für Trubel gesorgt hatte.

Trubel hieß: man würde reagieren müssen.
Den Gegner in Zugzwang bringen, hatte sein
Lehrer auf der Polizeischule immer gesagt.
Warten können, schön und gut – aber
manchmal muss man Dinge beschleunigen.

Und die Ferrari mussten aus dem Schuppen.
Entweder zurück nach Kalo Livadi oder....

Einen Tag später beobachtete Jannis
während der Nachtschicht, wie um vier Uhr
morgens ein kleineres Frachtschiff einlief, das
acht Container aufnahm. Um vier Uhr
morgens?
Die Container kamen aus dem gleichen
Schuppen, in dem die Ferraris standen.

Offen verladen wäre eventuell zu auffällig und sei es im Zielhafen.
Einen Container konnte man quer durchs Land fahren, ohne dass jemand groß Notiz davon nimmt.
 Mit einem Ferrari eher schwierig.

„Ich fresse einen Besen, wenn das Schiff registriert ist und die Kranführer um die Uhrzeit regulär arbeiten", sagte Pandis zu Jannis.

„Ich habe das untrügliche Gefühl., dass wir bald wieder einen neuen Hafenmeister brauchen."
Es war aber auch die perfekte Position für einen Zusatzverdienst. Besonders in einem Mini-Hafen wie Mykonos. Ein paar Hafen-mitarbeiter mitverdienen lassen und schon hatte man freie Bahn.

Pandis und Jannis fuhren die wenigen Meter hinunter zum Hafen.
Hafenmeister Kostas stand vor seinem Büro und lächelte.
Nichtsahnend.
„Jassas, Herr Kommissar!"

Zehn Minuten später stand – oder besser saß – er vor den Trümmern seines Lebens.

Das schnelle Geld, was sonst?

„Ich habe eine Familie. Wie soll ich die mit dem Gehalt durchbringen?"

„Ich verdiene weniger und hab´ auch eine Familie", antwortete Jannis.

„Sei mir jetzt nicht böse, aber Du wohnst zuhause. Was bei meinen Eltern nicht geht. Die haben selber kaum genug Platz."

Kurze Lehrstunde in Sachen Realität in Griechenland.

Senkt man die Gehälter im öffentlichen Dienst um 30%, vernichtet man nicht nur jede Motivation. Die direkte Folge ist Korruption, manchmal tatsächlich aus purer Not.

„Hören Sie, Kostas, ich bin nicht herzlos. Ich weiß, dass Sokrates Sie praktisch gezwungen hat. Wenn Sie mir alles erzählen, lasse ich Sie aus der Sache raus, wenn es irgend geht. Aber nur, wenn ich nie mehr etwas Unkorrektes im Hafen feststelle, wenn Sie jetzt die volle Wahrheit sagen und außerdem werde ich ein Gespräch mit Ihrer Frau führen."

Frauen halten Männer oft auf Kurs, vor allem wenn die Zukunft der Kinder davon abhängt.

„Aber die werden mich umbringen. Denken Sie an die Fähre und Sokrates' Sohn."

„Ihnen wird nichts passieren. In zwei Stunden sitzen alle hinter Schloss und Riegel. Und wenn sie jemand umbringen, dann höchstens mich."
Kostas nickte und war dankbar.
Sie verließen das Büro. Jannis platzte fast vor Wut.
„Chef, ich finde das nicht richtig", meinte Jannis aufgebracht.
„Weiß ich. Aber ein guter Polizist denkt nach vorne. Mit dem, was ich in der Hand habe, bin ich mir sicher, dass Kostas ab sofort ein gesetzestreuer Hafenmeister wird.
Und der Hafen ist in jeder Stadt der Ausgangspunkt für Verbrechen aller Art. Gerade auf einer Insel. Das nennt man Prävention, Jannis.

Es ist nicht gerecht, aber klug."

51

Es war Donnerstag, Razzia-Tag.
Und ein Katastrophentag. Pandis wachte
gegen 10.00 Uhr auf. Nach nur vier Stunden
Schlaf hatte er das Gefühl, eine Betonplatte
läge auf ihm. Jeder Knochen schmerzte.
Zwar sendete das Gehirn Befehle an seine
Muskulatur – diese jedoch weigerte sich,
tätig zu werden.
Die körperliche Anstrengung der
Schuppeninspektion in der Nacht zuvor,
forderte ihren Tribut.
Ein Wunder, dass er sich beim Sprung vom
Dach nichts gebrochen hatte.
Wie sollte er diesen Tag überstehen?
Ein langer Tag. Und er durfte keinen Fehler
machen.
Er ließ sich auf den Vorläufer fallen, blieb
dort ein paar Minuten liegen und begann
dann, sich langsam am Bett hochzuziehen.
Als hätte er einen Triathlon hinter sich,
stolperte er in die Küche.
Espresso. Espressi.
Gott sei Dank gab es keine regelmäßige
Sport- und Fitnessprüfung bei der Polizei.
Sonst würde er schon längst bei Aris Autos
verleihen müssen. Oder gar Autos waschen.

„Einen wunderschönen guten Morgen, mein geliebter Ehemann!" Mit gefühlt 120 Dezibel begrüßte Angelos den Hohlraum, der sonst Paul hieß.

„Herrje, vielleicht sollte ich mir doch einen Jüngeren suchen! Aber da kenne ich ein Wundermittel. Umdrehen und ab in die Dusche!"

„Bitte keinen Sex, sonst kannst Du Katsakis rufen!"

„Natürlich Sex. Aber keine Sorge: Die ganze Arbeit übernehme heute ausnahmsweise einmal ich. Aber nur heute!", fügte Angelos rasch hinzu.

Als Kommissar Paul Pandis 24 Minuten später aus der Dusche herauswankte, fühlte er sich … ja, wie fühlte er sich … runderneuert und voller Energie.

„Ich brauche mir doch keinen Jüngeren suchen", meinte Angelos.

„Du bist doch ein Zauberkünstler. Vielleicht sollte ich Deine Mutter mal fragen, von wem Du …"

„Das wirst Du schön bleiben lassen!"

Er musste sich dennoch zusammenreißen. Eine Razzia mit einem unzurechnungsfähigen Kommissar durfte es nicht geben. Er würde seine Kollegen in Gefahr bringen.

Als er die Straße von Kalafati hochfuhr, bog er instinktiv links ab nach Kalo Livadi, zum Strand hinunter.

Wie immer stellte sich nach wenigen Metern die Frage: die alte Straße nehmen, mit riesigen Schlaglöchern, noch dazu ein Umweg, oder die neue? Diese führte schnurstracks zum Meer hinunter mit 22% Gefälle, unterbrochen von ein paar Querrinnen, die wie Sprungschanzen wirkten. Pandis und Angelos aber hatten keine Zeit und nahmen die neue Straße. Sie mussten unbedingt vor der Razzia noch etwas überprüfen.

Im zweiten Gang fuhr er die steile Straße hinunter. Vor der ersten Querrinne bremste er. Wollte er bremsen. Nichts. Leere.

Die Querrinne beförderte ihn leicht in die Luft. Das Auto wurde immer schneller. Runterschalten, keine Chance. Bremsen, nichts. Handbremse ziehen. Es tat einen Knall und der Seilzug, bestimmt 15 Jahre alt und vom Salzwasser korrodiert, riss.

Nächste Querrinne – dieses Mal flog er schon drei Meter weit.

Von da an ging es nur noch bergab und es gab keine Möglichkeit, den Wagen irgend-wo zwangszubremsen.

„Bremsen, Paul!"

„Würde ich ja gerne!"
Am Ende der Straße ging es scharf rechts,
direkt vor ihm die Klippen und weiter unten –
sehr weit unten – dann das Meer.
Und er, Pandis, war Festlandgrieche.
Wasser kam für ihn nicht infrage.
Ein letzter Versuch. Bremsen. Nichts.
„Angelos! Raus hier!"
Im letzten Moment rissen sie die Türen auf
und ließen sich aus dem Auto fallen.
Sein Körper erzeugte Fehlermeldungen aus
allen Körperteilen.
Er sah seinem Peugeot hinterher, der mit
Tempo 60 in die Höhe schoss und dann
hinter den Klippen verschwand. Drei
Sekunden später hörte man ein Klatschen.

Pandis blieb auf dem Rücken liegen und
schaute in den Himmel. Angelos!
Er hatte nicht so viel Glück gehabt und war
mit dem Kopf gegen einen Regendurchlass
gedonnert. Heftige Platzwunde am Kopf.
„Ist Dir was passiert?", fragten beide
gleichzeitig. Und mussten lachen.

„Aris Autoverleih, Tourlos."
„Guten Tag, Hier Pandis. Ich würde gerne
ein Auto bei Ihnen leihen."
Stille.

„Paul?"

„NATÜRLICH PAUL. Wer heißt denn sonst noch Pandis? Ich bin im Solymar. Hol mich ab. Und: ich brauche ein Auto von Dir. Und bitte: frag jetzt nicht. Komm einfach."

Er lief zum Solymar hinunter, wo er mit seinen zerrissenen Kleidern und Angelos mit dem blutüberströmten Kopf einen interessanten Kontrast zur edlen Kundschaft boten.
Gott sei Dank war Aris ein Mann der Tat.
Wenig fragen, machen.
„Himmel, wie seht Ihr denn aus?"
„Wie man nach einem Mordversuch eben aussieht. Ich schwöre Dir, ich erschlage bei der Razzia jemand."
„Nimm lieber ein Auto mit. Du hast nämlich keins mehr."
Da hatte er wohl Recht.

52

Unter normalen Umständen regelt Pandis die Angelegenheiten auf Mykonos ohne die Hilfe anderer Polizeieinheiten. Aber es war wichtig, dass der Zugriff in Kalo Livadi zur selben Zeit erfolgt wie in der Hafenverwaltung in Piräus.

Und eine Razzia in einem so abgeschirmten und weitverzweigten Gebäude wie der Villa Hermano war mit seinen drei Mann nicht durchzuführen.

Unter normalen Umständen hätte er die Sondereinheit OPKE hinzugezogen.

Zu viel Athen wollte er aber nicht dabeihaben. Er brauchte sie zwar in Piräus, aber schon da hatte er Zweifel, ob alles glattlaufen würde. Oder ob nicht irgendein geschmierter Ministerialer die Chinesen vorwarnen würde.

Aber er konnte nicht gleichzeitig an zwei Orten sein. Und seine Priorität galt seiner Insel.

Seine Insel?

Grundgütiger. So weit ist es schon gekommen?

Kurzum, er bat zähneknirschend die Kollegen von Naxos, bei der Razzia mitzuhelfen. Fünf Mann zur Absicherung der Straße und des

Hügels. Drei Mann mit Rammbock und MP
zum Sturm.

Wozu die Polizei in Naxos Maschinenpistolen
hatte, war ihm schleierhaft. Der letzte Mord
fand dort im Jahre des Herrn 1976 statt.
Damals erschlug ein 75-jähriger seine Ehefrau, nachdem diese ihm offenbarte, dass
sie sich nach 52 Jahre Ehe scheiden lassen
will, um einen 30 Jahre jüngeren Matrosen
von den Philippinen zu ehelichen.

Die Razzia verlief unspektakulär. Türe aufbre-
chen, ein paar Salven in die Decke, hinunter
in die Untergeschosse. Noch ein paar
Salven. Mit Angelos vor ihm machte Paul
sich wenig Gedanken. Obwohl: Angelos
hinter ihm war ihm sonst ... Konzentrieren,
Pandis!

Aus den Untergeschossen konnte man ohnehin nicht nach außen fliehen. Die Auffahrten
führten alle ins oberste Stockwerk und das
war gesichert. Trotz der „Auslieferung" vom
Vortag standen noch immer vier weiße
Ferrari zur Umrüstung da. Austausch der
Platten mit der Fahrgestellnummer, Austausch der gesamten Software und
Umlackierung.

Die „Automechaniker" leisteten keinen
Widerstand, aber wo war Chalathes?

Er lief die Rampe hoch und hörte Geräusche aus dem Stockwerk darüber. Aus der Villa.
Er rann weiter hoch und hielt hinter der Tür inne.
Er zog die Pistole. Als Placebo.
„Chalathes! Geben Sie auf!"
Als Antwort kam zumindest kein Schuss.
Sehr erfreulich.
Er öffnete die Türe.
Der Raum war leer.
Auf dem Boden lagen zwei Päckchen.
Semtex.
Wollte Chalathes die Villa sprengen?
Aber bitte nicht mit mir drin!
Er öffnete die nächste Türe einen Spalt und sah einen Treppengang, der beleuchtet war.
Ein Geheimgang.
Himmel! Auf den Plänen war davon nichts zu sehen, aber das war wohl der Sinn eines geheimen Gangs.
Mist!

Pandis hörte das Knallen, danach ein lautes Röhren. Wo kam das her?
Der Strand.
Es gab einen Ausgang zum Strand!!

Auch die Kollegen aus Naxos hatten den Ferrari gehört und waren mit ihrem SUV losgetürmt.

Bravo. Und auf Mykonos haben wir drei Peugeots. Unfassbar.

„Jannis, du bleibst hier. Angelos, komm mit!"

„Aber die sind doch längst über alle Berge."

Aber nur vielleicht! Die Kollegen kennen sich nicht aus."

53

Und so war es auch. Auf der 22%-Steigung von Kalo Livadi nach oben nahm der Ferrari dem SUV die entscheidenden Meter ab und bog sofort rechts ab. Hinunter zum einem Mini-Strand, den nur wenige kannten, Agio Anna.
Der SUV der Kollegen von Naxos bog links ab und gab Gas. Reingelegt.
Pandis hielt vor der kleinen Einfahrt, als er erst das Röhren hörte und dann den Ferrari herausschießen sah, allerdings hinunter nach Kalafati. Pandis versuchte, dranzubleiben, aber...
Peugeot. Der Verkehr und manche Bodenwelle halfen ihm. Über kleine Wege landeten sie in Ano Mera. Ab da würden sie Ihn verlieren. Außer die Kollegen wären auf derselben Strecke.
„Wo seid Ihr?", brüllte Pandis in das Funkgerät.
„Bäckerei Veneti."
Super. Dort ist die Straße vierspurig. Genügend Platz zum Vorbeifahren. Aber er würde aus einer S-Kurve kommen.
„Zurück zur Tankstelle. Rechte Spur blockieren."

Sie schafften es, Chalathes zum Anhalten zu bringen, aber nur für Sekunden. Der Ferrari setzte zurück und fuhr durch die Tankstelle hindurch. Und mit 200 in Richtung Stadt.

Immerhin war Pandis wieder in Sichtweite.

Plötzlich fuhr er rechts ran.

Und er sagte zu Angelos in Seelenruhe: „Ich glaube, Katsakis bekommt wieder einen Anfall."

Giorgos verstand rein gar nichts.

„Wieso hältst Du an?"

Kaum gesagt, sahen sie am Ende der Straße, wie ein Ferrari ungebremst in den Kreisverkehr raste, in die Luft gehoben wurde und an dem Denkmal in der Mitte zerschellte.

„Deswegen."

54

Es würde noch weniger übrigbleiben wie bei Sokrates.

Weder von Chalathes noch vom Ferrari.

Am Schlimmsten aber: das neue Denkmal stand gerade vier Wochen.

Vielleicht sollte man in Zukunft eines in Reserve halten. Am besten auf Rollen.

„Na. Immerhin helfen uns diesmal die Kollegen aus Naxos. Dann wissen die auch mal, was ein Verkehrsstau ist.

Pandis fürchtete sich vor dem Anruf bei Katsakis.

Wieder eine Matschleiche.

Als er auf den Kreisverkehr zulief, sah er einige Passanten, die sich erbrachen.

Das würde ihm gleich auch passieren.

Dann stellte er erstaunt fest, dass die Leiche noch in halbwegs passablem Zustand war.

Obwohl es Sokrates Junior damals fast zerrissen hat.

Dann fiel im etwas auf.

Wo kommt das ganze Styropor-Zeug her?

Dann sah er sich die Reste des Denkmals an.

Da waren keine Steine.

Seltsam.

In der Mitte stand ein Stahlpfeiler, den es aus der Verankerung gerissen hatte.

Dann begriff er.

Man hatte das Denkmal aus Polystyrol gegossen und auf einen Pfeiler gesteckt.

Pandis lächelte.

An sich eine gute Idee.

Aus massivem Stein wäre alles viel teurer gewesen.

Er konnte sich dunkel erinnern, dass das neue Denkmal über 70.000 Euro gekostet haben soll.

Das hier hatte vielleicht 10.000 gekostet plus ein wenig Schweigegeld für die Arbeiter.

Tja, und wer hatte da wohl seine Finger mit im Spiel?

55

„Mr. Pang?"

Das war Ernesto, der Filipino aus dem Lagerhaus.

Das bedeutete Ärger.

„Ja, Ernesto. Was gibt´s?"

„A lot. Die Polizei ist da. Überall. Alle mit MPs und so. Ich hab zwar alle Türen verschlossen. Aber jetzt sagen sie über ein Mikrofon, ich soll aufmachen."

„Megafon, Ernesto."

„Is mir egal. Ich hab Angst. Ich mach auf."

Li Pang legte auf.

Das Spiel war aus.

Mein Gott, eine einzige Ladung noch hätte ausgereicht, um ein sorgenfreies Leben zu führen.

Er hatte einen unverzeihlichen Fehler gemacht. Er hätte sich selbst um den Drecksbullen auf Mykonos kümmern sollen. Und direkt. Er hätte ihm direkt ins Gesicht schießen sollen. Dann hätte man schnell noch die letzte Lieferung abgewickelt und dann Tschüss.

Was konnte er jetzt noch tun?

Zunächst raus hier. Wenn die Polizei noch am Schuppen ist, werden sie noch etwas Zeit brauchen bis hierher.

800 Meter.

Das könnte reichen.

Er öffnete den Safe, nahm zwei Pässe heraus, ein Bündel Euro und Dollar. Und einige USB-Sticks.

Da ging die Türe auf.

Sein oberster Chef und zwei Männer mit Waffen.

„Pässe und Geld, Li Pang?"

Er lächelte.

„Sieht so aus, als wollten Sie verreisen?"

Li Pang fiel in seinen Bürostuhl zurück.

„Daraus wird leider nichts. Meine Herren, führen Sie den Mann in mein Büro.

Nur hörte sich das Ganze auf Chinesisch weit weniger freundlich an.

„Nun, wir haben die Polizei im Haus, die alles auf den Kopf stellt. Unten stehen zehn TV-Teams, die die ganze Geschichte hinausposaunen werden. Wenn Sie glauben, dass ich jetzt diplomatische Muskeln spielen lasse, dann täuschen Sie sich gewaltig. Ich werde der Polizei und den Medien die Wahrheit sagen. Dass Sie ein kriminelles Subjekt sind. Dass Sie das Vertrauen Ihrer Vorgesetzten missbraucht haben. Dass wir eine harte Bestrafung wünschen und fordern.

Sie können nur von Glück reden, dass Sie in einem griechischen Gefängnis landen werden."

Das sah Li Pang genauso.

„Obwohl ich nicht darauf wetten würde. Es kann durchaus sein, dass sich die beiden Regierungen auf eine Auslieferung verständigen."

Li Pangs Vorgesetzter grinste breit.

Er wusste, was dies bedeuten würde.

„Aber zunächst möchte ein Kollege vom griechischen Geheimdienst Ihnen noch etwas sagen."

Herein kam Loukas, der Li Pang einen rechten Haken auf den Kiefer gab. Man hörte das Krachen.

„Das ist für den Stricher. Schöne Grüße von Angelos."

56

Pandis gestand es sich ein.

Dieser Gang machte ihm Freude.
Und Angelos sollte unbedingt mit.
Er genoss jede Sekunde. Jede Treppe.
Er betrat das Büro des Bürgermeisters ohne
anzuklopfen.
Sokrates telefonierte.

„Pandis! Was fällt Ihnen ein? Wenn Sie etwas
wollen, lassen Sie sich bei Maria einen Termin
geben. Und jetzt raus hier!
Und was will Ihr Str.., äh, Gespiele hier?"
Pandis blieb stehen.
Und lächelte.
„Habe ich mich nicht klar ausgedrückt?
Raus hier!"

Pandis sagte noch immer nichts.
Es war einfach zu schön.
Sokrates Kopf wurde immer röter.
Ganz langsam hob Pandis einen Zettel.
„Das Denkmal ist schon wieder kaputt.
Unfall."
„WAS? Das hat 78.000 Euro gekostet.
Welches Arschloch war das?"

„Chalathes – und nein, 78.000 Euro hat der Styroporfriedhof nicht gekostet", antwortete Pandis.

Weiße Gesichtsfarbe. Offener Mund.

„…und dann habe ich gerade aus Athen die Meldung erhalten, dass ein Herr Li Pang von der Fa. Interasia Exports verhaftet wurde. Sagen wir es so:

Er war sehr mitteilungsbedürftig.

Und auch Herr Chalathes scheint *eine Art* Kronzeuge werden zu wollen."

Das war nun objektiv unfair, denn Sokrates war nun wirklich ein kleineres Rad im großen Getriebe.

Aber man wollte in Sachen Korruption im Amt wohl ein Zeichen setzen.

Sokrates wurde bleich und sagte nichts.

„Ich habe hier einen Haftbefehl. Ich will nicht grausam sein, wenn Sie sich benehmen, werde ich auf die Handschellen verzichten."

Am Flugplatz wartete ein Hubschrauber.

Diesmal musste ihn Pandis nicht bezahlen.

Ein bisschen grausam war Pandis dennoch.

Er hatte unterwegs Frau Sokrates getroffen und ihr gesagt, ihr Mann wolle sie um 16 Uhr sehen.

Es war 16.02 Uhr und man hörte schon das heftige Knarzen der Treppen.
Um 16.01 Uhr ging Angelos zu Sokrates und verpasste ihm einen rechten Haken.
„Das ist für den Stricher!"

57

Wie jeden Dienstag saßen Aris, Angelos und Pandis in Ornos beim Fischessen.

„Die Grundidee war brillant. Das Ganze scheiterte nur an der wesentlichen Grundeigenschaft des Menschen: der Gier. Wenn man zwei statt einer Million verdienen kann, dann tut man dafür alles. Einschließlich Morden", sagte Aris.

Pandis nickte.

„Und ein zweiter Punkt: je mehr Menschen beteiligt sind, desto größer die Gefahr, dass man auffliegt. Die Fahrer, die Monteure, ein Bürgermeister, ein Hafenmeister, Chalathes – zu viele. Irgendeiner plappert immer oder macht einen Fehler. Dabei war das System fast perfekt. Man schafft die gestohlenen Ferraris nach Piräus. Natürlich kann man sie da nicht auf ein Frachtschiff ins Ausland verladen, denn die Kontrollen sind zu scharf. Also verlädt man sie auf eine inländische Fähre, bei der es keine Kontrollen gibt."

„Und schafft sie auf eine Insel, auf der ein Ferrari nicht auffällt. Und auf der es nur einen kleinen Hafen gibt, der praktisch nicht kontrolliert wird. Auf der Insel werden die Autos runderneuert und gesäubert und anschließend verschifft man sie zur reichen Kundschaft nach China. Eine Polizei mit vier Mann und kein Zoll, außer dem Hafenmeister", ergänzte Angelos.

„Man sichert sich ab, indem man den Bürgermeister an Bord holt, der den nötigen Druck auf den Hafenmeister macht."

„Alles perfekt. Wäre da nicht Sokrates Junior gewesen, der zwar als ‚Monteur' gut verdiente. Aber gierig wurde. Er hat Chalathes erpresst. Und der rief Li Pang zu Hilfe. Bevor Sokrates Junior ein Auto auslie-fern sollte, wurden die Bremsen manipuliert und schon war das Problem erledigt."

„Und Markaris war das kleinste Problem. Die Fähre wurde im chinesischen Trockendock in Piräus gewartet. Dort konnte Li Pang den Sprengstoff anbringen. Er wusste, dass Markaris immer die erste Reihe buchte. Und er hatte ja Zugriff auf die Buchungsdaten. Die Zündung wurde gesteuert von Chalathes. Vor Ort. Deswegen die punktge-naue Explosion im Hafen. Andere Personen sollten nicht geschädigt werden. Das wäre dann doch zu viel Aufsehen gewesen."

„Hätte man ihn nicht einfach erschießen können?"

„Sicher. Aber es war auch als deutliche Warnung gedacht. Der Bürgermeister und der Hafenmeister und die Monteure... Alle wussten nun, in welcher Liga Li Pang spielt."

Pandis griff nach seinem Weinglas.
„Und wie passt Markaris in das Puzzle?", fragte Aris.

„Aris, noch einmal. Es ist ein Irrtum, dass man bei Ermittlungen alles aufklären kann. Der grundsätzliche Sachverhalt ist wichtig, die Täter sind alle gefasst. Aber manche ihrer Gedanken oder Taten bleiben immer ein Rätsel. Es spielt aber keine Rolle.
Ich muss die Grundzüge einer Tat aufdecken, Beweise sammeln. Ein vollständiges Bild zu fertigen, ist nicht Aufgabe der Polizei, sondern der Staatsanwaltschaft. Sonst bräuchte man die nicht. Und sonst könnte die Polizei auch nicht arbeiten, wenn man monatelang alle Details herausfinden müsste. Vergiss deine TV-Krimis endlich."
Pandis machte eine kleine Pause.

„Ich vermute, Li Pang wollte eine Absicherung auf politischer Ebene, mit gewissem Einfluss auf Polizei und Zoll. Und er hat ja tatsächlich Katsakis angewiesen, die Ermittlungen zu bremsen. Er hat nur nicht mit dem eigensinnigen Charakter Katsakis´ gerechnet. Der ist so eigen, dass er sich von niemandem etwas sagen lässt. Er hat es mir erzählt, kurz nachdem wir aus dem Urlaub gekommen sind.

58

Angelos und Pandis saßen im „Da Vinci" und lachten.

Nach Sokrates´ unfreiwilligem Zwangsurlaub war eine Neuwahl notwendig.

Wahlkampf ist in jedem Land nicht die Zeit für intellektuelle Höhenflüge, schon gar kein Wettstreit um die besten Ideen.

Es ist eher ein Wettstreit um die größte Peinlichkeit.

Die Besonderheit eines griechischen Wahl-kampfes liegt in der hohen Emotionalität (oder Hysterie, wie Pandis immer sagte) und im begrenzten Horizont.

Im Falle von Mykonos lag der Horizont nur wenige Meter entfernt.

„Auf den Plakaten der Linken steht ‚Der Beste muss ins Rathaus'. Am nächsten Tag klebte unter dem Slogan ein Band mit der Aufschrift ‚Wohin gehst dann du?'"

Sie schütteten sich aus vor Lachen.

„Und Mallach von den Konservativen meinte, das Rathaus müsse das Zentrum für Kompetenz werden. Die Begriffe Kompetenz und Rathaus schließen sich automatisch aus. Und ich arbeite da. Ich weiß, wovon ich spreche", Pandis lachte noch immer.

Und die Rechten plakatieren „Torosidis für Mykonos" – am nächsten Tag stand dort „Torosidis *nach* Istanbul". Besonders putzig, wenn man wusste, dass Torosidis ein notorischer Türkenhasser war.

„Es ist aber beruhigend, dass die Wähler, oder zumindest einige, noch über den nötigen Humor verfügen. Sonst wäre das Ganze nicht mehr zu ertragen", meinte Angelos, noch immer lachend.

Aris trat – wie seit 30 Jahren – auch diesmal zur Wahl an. Für die kommunistisch-marxistische Liste. Sein Ergebnis lag konstant bei zehn Stimmen. Auf Plakatwerbung verzichtete er.
Denn 8 von den zehn Wählern waren Altkommunisten, die Aris und seine Familie am Wahltag persönlich zum Wahllokal fuhren und sie dort auch in die Kabine begleiteten. Mit jeder Wahl wurde das Ganze aufwändiger, denn die Anzahl der Rollstuhlfahrer nahm überproportional zu.
Die neunte Stimme kam von Aris selber.
„Die zehnte kommt bestimmt von Paul", dachte Aris jedes Mal am Wahlabend.

Doch da irrte er sich. Pandis wählte seit 35 Jahren konservativ – Freundschaft hin oder her.

Es war ohnehin egal. Bei jeder Wahl schafft es der Wähler, einen noch Dümmeren auf den Bürgermeisterstuhl zu setzen. Was im Falle von Sokrates ein schwieriges Unterfangen war.

Aber es würde gelingen, da hatte Pandis keine Zweifel.

Eine formelle Übergabe der Amtsschärpe würde es nicht geben, denn der Vorgänger befand sich auf einem „längeren Urlaub". Dauer geschätzt 5 Jahre, so der Wunsch der Staatsanwalt.

Nachdem sie heftig gelacht hatten, saßen Angelos und Pandis entspannt auf der Couch und bestellten einen weiteren Espresso.

Zuhause erwartete sie die Post.
Für Angelos: ein Brief seiner Eltern, dass sie
am Wochenende zu Besuch kämen, wenn
es ihnen recht wäre?
„Ist es Dir recht, Paul?"
„Zum wiederholten Male. Du darfst hier
einladen, wen Du möchtest. Es ist auch Dein
Zuhause. Ausgenommen sind nur Männer
unter 53!"
Aber es freute Paul doch, dass Angelos
fragte.
„Könnte schwierig werden mit Papa",
meinte Angelos.
„Das glaube ich nicht, da vertraue ich voll
und ganz Deiner Mutter!" Und Pandis lachte.

Die Post für Paul war etwas ungewöhnlicher.
Ein Kuvert von Nikos, aber von seiner
Privatadresse? Als er es öffnete, fiel ein Zettel
heraus:
„Kompliment. Mit diesen Verrenkungen
könnt Ihr zum chinesischen Staatszirkus!"
Und eine CD.
Und er hat sich bestimmt eine Kopie
gebrannt.
Angelos war begeistert.
„Super!"

Die Begrüßung war … ja, was war sie?
Paul bekam von Papa Markaris die Hand.
Die Mutter umarmte ihn hingegen mit
Küsschen. Angelos und Papa gaben sich
auch nur die Hand, während die Mutter
ihren Sohn herzte, als hätte sie ihn zehn
Jahre nicht gesehen.
„Nun, Miltos, sag Deinen Spruch!", befahl
Melina.
„Meine Reaktion von damals tut mir leid. Ich
war unter Schock. Eigentlich ist es mir egal,
mit wem Du glücklich bist oder wirst,
Angelos. Es ist Deine Entscheidung.
Ich wünsche Dir, Verzeihung, Euch, viel
Glück. Und wenn ich mal was Unpassendes
sage … Das alles ist für mich ziemlich neu."
„Das hast Du schön gesagt, Miltos!", meinte
Melina.
Nachdem jetzt alles bereinigt ist, können wir
uns jetzt alle mal umarmen. Los, Miltos!"
Das erinnerte Paul doch sehr an Eleni und
ihren Kommandoton.
Er kam – wie immer – zu dem Schluss, dass
Mann und Frau nicht zusammengehören.
„Einen Punkt hätten wir da aber noch. Zur
Ehe gehören als Zeichen Ringe und: der
gemeinsame Name. Dieses neumodische

‚jeder behält seinen Namen' oder
Doppelnamen finden wir doof. Die Leute
sollen doch sehen, dass Ihr zusammen-
gehört!", meinte Angelos´ Mutter. Darüber
hatte Paul gar nicht besonders nachge-
dacht.

„Ich weiß nicht. Man müsste ja alles ändern,
Pass, Führerschein und so weiter", sagte
Paul.

„Ist das schwierig, wenn man jemand liebt?"

„Wenn es Angelos glücklich macht, dann
bitte schön, ändere ich meinen Namen.
Wenn die Familie" – und er deutete auf
Angelos´ Eltern – es wünscht. Im Prinzip
braucht es das nicht, denn er ist eh der
Chef. Ich bin abhängiger als er."

Und schon rauschte Angelos in die Küche.

„Was ist ... was hat er?"

Merlina schaute grimmig.

„Weißt Du, dass er bei jedem Einsatz ein Bild
von Dir dabeihat, dass er im Lager auf
seinen Tisch stellt, obwohl er sich dumme
Sprüche deswegen anhören muss? Dass er
dieses Bild, wenn er raus muss, mit in den
Rucksack nimmt und wenn er stundenlang
auf einem Felsen liegt, es rausholt und
anschaut?"

Paul schaute betreten.

„Es ist ein Irrtum von Dir zu glauben, dass die Beziehung einseitig ist. Er braucht und liebt Dich nicht weniger als Du ihn."

Und wieder mal kamen Herrn Kommissar die Tränen.

„So hatte ich es doch nicht gemeint!"

„Das musst Du nicht uns sagen", meinte Merlina.

Paul ging in die Küche. Angelos stand am Fenster.

„Stimmt das mit dem Bild?"

„Ja natürlich, Du Idiot. Deine dauernden Zweifel ...", brachte Angelos nur mühsam hervor.

„Nein. Ich habe keinerlei Zweifel. Nicht den Geringsten. Ich passe nur nicht auf jeden Satz auf, den ich sage. Sollte ich vielleicht aber. Verzeih mir bitte! Ist es wenigstens ein gutes Bild?"

Angelos musste lächeln.

„Das ist einer der Gründe, warum ich mich überhaupt in Dich verliebt habe. Deine Fähigkeit, eine schwierige Situation mit Humor zu lösen."

„Soll ich Deinen Eltern von Deinen Stärken erzählen, zum Beispiel vom Du ...?"

„Untersteh´ Dich. Und reduziere mich bitte nicht darauf."

„Das weißt Du doch. Und ich zeige und sage es Dir oft genug."

Nach einer kurzen Pause fragte Paul:

„Würde es Dir gefallen, wenn ich Deinen Namen tragen würde?"

„Ja, das würde es."

„Wenn es Dir wichtig ist, dann machen wir es so. Paul Markaris. Klingt gar nicht schlecht!"

„Danke, Paul!"

Und so ging das Ehepaar Markaris zurück ins Wohnzimmer zu Angelos´ Eltern.

„Wollt Ihr ein paar Bilder von der Hochzeit sehen? Nicht viele, aber ein paar haben wir."

„Aber sicher. Wenn wir schon nicht dabei waren." Kurze Pause.

„Was unsere Schuld war!"

Angelos legte die CD ein.

Zu sehen war auf dem Bildschirm eine Seilbahn und man hörte Pauls Stimme:

„Sag mal, Angelos, ist das da oben eine Kamera?"

Familie Markaris hatte noch 57 glückliche Tage.

GRIECHISCHE
BRANDUNG

Der Mykonos-Krimi 1

Es waren noch zehn Meter, zehn endlose Meter.
Hinter sich hörte er heftiges Schnaufen.
Sie kamen näher.
Als er den Hof erreicht hatte, packte ihn eine
Hand am Hemdkragen. Er kam nicht mehr
voran.
Fünf Meter vor dem Ziel.
Plötzlich spürte er einen furchtbaren Schlag von
vorne.

Und er hörte ein Krachen. Nein, er hörte und
SPÜRTE ein Krachen.

In der Regel lautet bei einem Mord die
entscheidende Frage: Wer ist der Mörder?
Nicht so im vorliegenden Fall. Kommissar Paul
Pandis von der Inselpolizei Mykonos quält
zunächst ein anderes Problem: Wer ist das
Opfer?
Als er es endlich herausfindet, ist ihm klar, dass
dies keine normale Ermittlung wird.

JENSEITS VON MYKONOS

Der Mykonos-Krimi 2

Es war vorbei.
Seine Füße begannen zu versagen.

Immer wieder Wasser. Salzwasser. Es rann die
Speiseröhre hinunter und brannte im Magen.
Sehen konnte er auch nicht mehr viel. Das
Salz brannte auch in den Augen.
Er merkte, dass er immer öfter unterging.
Wer hat mich verraten? WER?
Dann kam die Erkenntnis: Es ist egal. Denn
Du bist tot.

Kommissar Paul Pandis steht ratlos in einer
Kunstgalerie.
Auf einer Skulptur, einem blauen Stier, hängt
eine Leiche, der Galeriebesitzer.
Und der war 94 Jahre alt.
Schnell ist Pandis klar, dass hier die
Vergangenheit ihre Schatten wirft

Sven M. Schlick

JENSEITS VON MYKONOS

Der Mykonos-Krimi 2

MYKONOS
LOVE STORY 1

Der Mykonos-Krimi 5

Die brennende Gestalt taumelte und fiel mit einem Zischen zu Boden.
Ein letztes Stöhnen und es war vorbei.

Kommissar Paul Pandis steht vor einem Rätsel. Ein gewöhnlicher Buschbrand entpuppt sich als Doppelmord.

Doch Pandis hat noch ein Problem:
Er hat sich verliebt. In seinen Kollegen Angelos. Ein Coming-Out mit 53!
Sein Leben wird zur Achterbahn, aber auch zur glücklichsten Zeit seines Lebens.

MYKONOS
LOVE STORY 2
PREQUEL 1

Der Mykonos-Krimi 6

High Society wie die Kunstwelt blicken nach
Mykonos. Ein bisher verschollen geglaubtes
Zaren-Ei soll auf der Insel ausgestellt werden.
Ein Sicherheits-Alptraum für Kommissar Paul
Pandis.
Dennoch: zumindest keine Mordermittlung.
Zunächst.
Dann wird auf einer Yacht eine weibliche
Leiche gefunden.
Es ist Pandis´ Ex-Frau.
Und die war zuvor wenig begeistert davon,
dass Pandis nun mit einem Mann verheiratet
ist.

MYKONOS LOVE STORY

3

Morgenröte über Mykonos

Er lag mit dem Rücken auf etwas und war
gefesselt. Was war hier los?
Ich bin doch nur ein Tourist?
Es muss ein Missverständnis sein.
Er konnte sich nur an einen Schlag erinnern.
Dann das große Nichts. Er hörte Schritte.
Chrysi Avgi, es lebe die Goldene
Morgenröte!"
Dann hielt einer der Männer seinen Kopf
hoch.
Der Andere rammte ihm zwei dünne,
orthodoxe Gebetskerzen in die Nase.

Kommissar Pandis und die ganze Insel sind
fassungslos angesichts zweier brutaler
Morde. Die Spur führt ihn zur „Goldenen
Morgenröte", einer rechten Splitterpartei.
Und für Pandis und seinen jungen Ehemann
Angelos wird es richtig gefährlich, denn als
Schwule sind sie das „Hassobjekt No.1!"

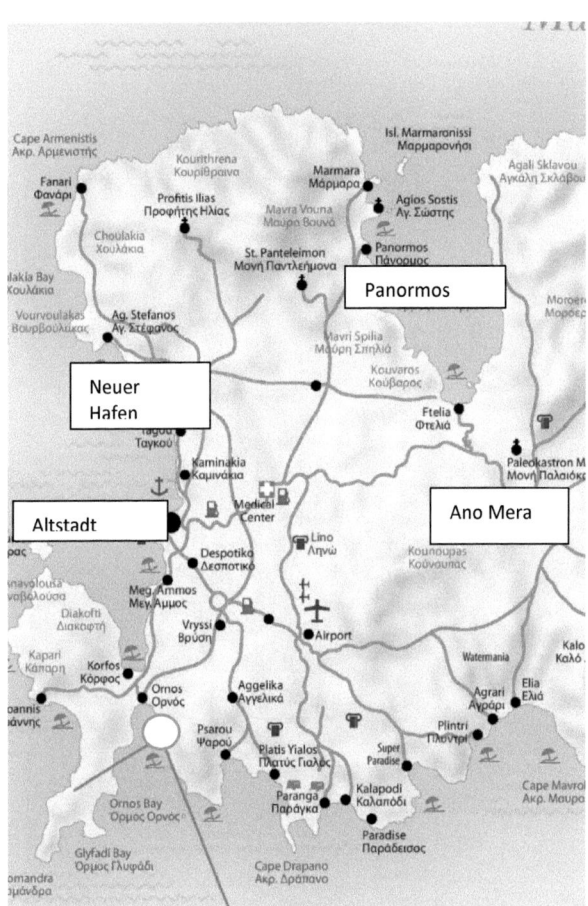

Ano Mera

Kalafati

Kalo Livadi

Hinweise

EYP ist der griechische Geheimdienst
(Ethniki Ypiresia Pliroforion).

OPKE ist die Spezialeinheit des
Innenministeriums.

ERT ist das Griechische Staatsfernsehen.

Das Durchschnittseinkommen eines
griechischen Polizisten beträgt 2018
€ 685.--.

Personenregister

Paul Pandis	Kommissar, 53
Angelos	Pandis Ehegatte und Angehöriger des Geheimdienstes, 28.
Giorgos, Jannis	seine Mitarbeiter
Aris	Autovermieter und Pandis´ bester Freund
Markaris	Staatssekretär
Li Pang	stv. Geschäftsführer des Hafens Piräus
Sokrates	Bürgermeister
Chalates	Autoschieber Besitzer Villa Hermano

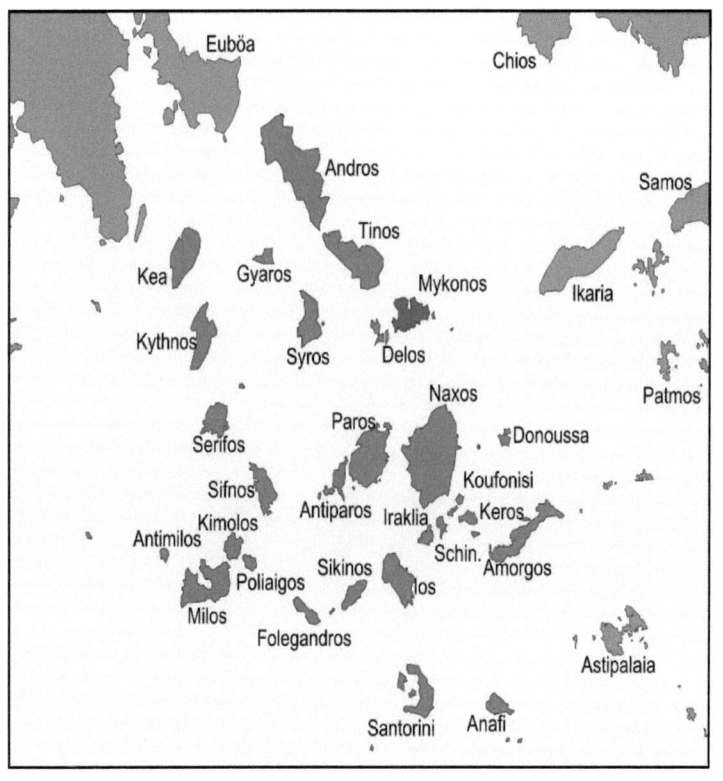